# C. Becker

# Einige unserer alten Liederfürsten

Antigonos

**C. Becker**

# Einige unserer alten Liederfürsten

Unveränderter Nachdruck der Originalausgabe von 1869.

1. Auflage 2024  |  ISBN: 978-3-38637-095-0

Antigonos Verlag ist ein Imprint der Outlook Verlagsgesellschaft mbH.

Verlag: Outlook Verlag GmbH, Zeilweg 44, 60439 Frankfurt, Deutschland, info@outlook-verlag.de
Vertretungsberechtigt: E. Roepke, Zeilweg 44, 60439 Frankfurt, Deutschland
Druck: Libri Plureos GmbH, Friedensallee 273, 22763 Hamburg, Deutschland

# Einige

# unserer alten Liederfürsten.

Von

## C. Becker,

Pastor.

Herausgegeben und verlegt

von dem

Haupt-Verein für christliche Erbauungsschriften
in den Preußischen Staaten.

Berlin, 1869.

Zu haben im Magazin des Haupt-Vereins,
Klosterstraße Nr. 67.

Wie reich waren unsere alten frommen Liederdichter an
Glauben, Liebe, Hoffnung, Demuth und Erfahrung! Wie
verstehen sie es, uns in unserm Herzen den Stachel des
Todes, die Sünde, fühlen zu lassen; wie verstehen sie
es aber auch, uns unter das Kreuz auf Golgatha zu
führen, und uns zu lehren, aufzuschauen zu dem ewigen
Hohenpriester,

> Der am Kreuze für uns stirbet,
> und um uns're Seele wirbet!

und wie haben sie in Seiner Schule die Kunst gelernt,
die tiefsten Glaubenssaiten unseres Herzens zu rühren,
daß das volle Jubellied hervortönt: „Tod, wo ist dein
Stachel? Hölle, wo ist dein Sieg? Gott aber sei Dank,
der uns den Sieg gegeben hat, durch unsern Herrn Jesum
Christum“, 1 Cor. 15, 55. 57.

Heraus sind wir aus Egypten, die Macht des höl=
lischen Pharao ist gebrochen; in der heiligen Taufe sind
wir Alle durch das Meer gegangen, denn „sie wirket
Vergebung der Sünden, erlöset vom Tode und Teufel,
und giebt die ewige Seligkeit Allen, die da glauben, wie
die Worte und Verheißung Gottes lauten“; „der Herzog
der Seligkeit, der schon viele Kinder hat zur Herrlichkeit
geführet“, Ebr. 2, 10, führt auch uns unter Seiner
Fahne, Seinem Panier, wie dort Sein Israel, aber es
ist die Fahne des Kreuzes. Unter ihr geht es nun in
die Wüste, in den Kampf mit dem Teufel und allen

Seelenfeinden hinein, wie der Fürst des Lebens mit ihm selbst kämpfen mußte in der Wüste. Da schwirren die Pfeile, die „feurigen Pfeile des Bösewichts“, da will der Wüstenstaub ob des Kampfes oft das Auge des Glaubens umdüstern, ja Alles in Dunkel hüllen; es fehlt an Brot, es fehlt an Wasser, um den Durst der Seele zu stillen und zu löschen, und die Wetter des Herrn, die Schreck= nisse des Gerichts und der Ewigkeit ziehen wohl über dem Haupte, ja durch die Seele dahin, und das Leben ist nahe an der Grube. Wo da Trost und Erquickung hernehmen? Wie herauskommen aus dem tiefen Schlamme? Pf. 40, 3. Womit die müde und matte Seele laben in Leibes= und Seelennoth? Es kann allein geschehen aus der reinen, unversiegbaren Quelle des Wortes des le= bendigen Gottes, der sich selbst mit einer „lebendigen Quelle“ vergleicht, Jerem. 2, 13. Hier wird die Waffen= rüstung dargeboten gegen das Wüthen des Teufels und seines ganzen Heeres, gegen seine „listigen Anläufe“, und die seiner Helfershelfer. „Denn wir haben nicht mit Fleisch und Blut (blos ohnmächtigen Menschen) zu kämpfen, sondern mit Fürsten und Gewaltigen, nämlich mit den Herren der Welt, die in der Finsterniß dieser Welt herrschen, mit den bösen Geistern unter dem Himmel.“ Und um ihnen Widerstand zu thun, und das Feld zu behalten, muß man „den Harnisch Gottes ergreifen, den Krebs der Gerechtigkeit (das Verdienst und die Ge= rechtigkeit Christi) anziehen, den Schild des Glaubens ergreifen, mit welchem man auslöschen kann alle feurigen Pfeile des Bösewichts, und nehmen den Helm des Heils (sein Heil allein auf die Gnade setzen) und das Schwerdt des Geistes, welches ist das Wort Gottes“, Ephef. 6, 10—17.

Wer hat das aber besser gekannt und geübt, als unsere alten Liederdichter? Wer hat die Kraft der Gnade und des göttlichen Wortes im Kampf mit den Mächten der Finsterniß, unter Kreuz, Trübsal und Noth, selbst bei dem Herannahen des Todes, mehr am Herzen erfahren als eben sie? Wie wissen sie daher so lieblich zu singen von dem Balsam des göttlichen Wortes, von seiner Stärkung und Labung bei dem Gange durch die Wüste! Wie verstehen sie es, uns zu ermuntern, unsern Wanderstab auch in diesen Honig zu tauchen, damit wir im Kampfe nicht müde und matt, sondern unsere Augen wieder wacker werden, hinauf zu schauen nach dem himmlischen Jerusalem, wo uns die Krone des ewigen Lebens winkt, die, wenn wir den Lauf vollendet und Treue und Glauben gehalten haben, gereicht werden soll vom Throne Gottes, Offb. 2, 10.

Es wird daher für uns lehrreich und stärkend sein, uns einige unserer Liederhelden vor Augen zu stellen, ihrem Saitenspiel zu lauschen in Freud und Leid, und ihrem Glauben nachzufolgen. Doch Weniges kann nur gesagt und gegeben werden.

## I. Dr. Martin Luther.

Er ward geboren zu Eisleben am 10. November 1483, kam auf die Schulen nach Magdeburg und Eisenach, und bezog als 18jähriger Jüngling im Jahre 1501 die Universität in Erfurt. Hier verfuhr er nach seinem eigenen Grundsatze: „Fleißig gebetet ist halb studirt.“

Er ging aber noch unter viel geistlichem Schatten dahin, ja seine Seele war noch umdüstert von Unwissenheit und den falschen Vorstellungen der Zeit: die lautere Quelle des göttlichen Wortes war ihm noch nicht aufgeschlossen, der Brunn des Lebens noch verdeckt. Gott führte ihn dazu, daß er das reine Wasser des Lebens schöpfen lernte, erst durch viele innerliche Anfechtungen. Aus mißverstandener Heiligkeit und übertriebenem eigenen Eifer ward er ein Mönch, und nach schweren, innerlichen Kämpfen dämmerte ihm erst das Licht der großen Wahrheit auf: daß wir gerecht werden aus Gnaden durch den Glauben an Christum allein.

Im Jahre 1508 wurde er Professor, und 1512 Doctor der Theologie zu Wittenberg, und hier ist der Ort, wo durch Gottes Gnade das Licht der Wahrheit in neuem Glanze hervorbrach. Noch steht das Klostergebäude da, in welchem Luther betete, lehrte, schrieb und auch die meisten seiner geistlichen Lieder verfertigte, durch welche der große Reformator zugleich auch Vater und Stifter des deutschen Kirchenliedes und Kirchengesanges wurde.

Mit dem 31. October 1517 begann er seinen großen Kampf gegen die Mißbräuche des Papstthums durch die Anschlagung seiner 95 Thesen an die Schloßkirche zu Wittenberg. Und es war, wie Matthesius in Luthers Leben erzählt, „als wären die Engel Gottes selbst Botenläufer geworden und trügen's vor aller Menschen Augen." Die Mauern Jerichos und Babylons fielen, die Posaunen Gottes ertönten in einem hellen und klaren Tone wieder zum Streit, und Luther sang gar viele Glaubens= und Kampf= wie Triumph=Lieder in die Herzen seiner lieben Deutschen hinein. Hierher gehören die zwei bekanntesten seiner Lieder:

Wir glauben All' an Einen Gott.
Eine feste Burg ist unser Gott.

Im Jahre 1522 gab er die Uebersetzung des Neuen Testamentes heraus, im Jahre 1534 die ganze Bibel. Das war ein Werk in einer ächt deutschen, volksthümlichen Sprache, einer Sprache, die körnigt=kräftig und doch kindlich, allgemein verständlich und doch tief gemüthlich war. Jacob Grimm, ein bekannter Gelehrter unserer Zeit, sagt von dieser Uebersetzung: „Luther hat sich dabei der Muttersprache mit solcher Kraft, Reinheit und Schönheit bedient, daß seine Sprache ihres gewaltigen Einflusses halber für Kern und Grundlage der neuen hochdeutschen Sprache gehalten werden muß." Wie aber Luthers Bibelübersetzung die Grundlage der hochdeutschen Sprache wurde, so wurde sie auch die Grundlage für die Kirchensprache des ganzen protestantischen Deutschlands, und insbesondere für das deutsche Kirchenlied. Andern Dichtern war nun der Weg gebahnt.

Luther selbst ging aber als Dichter ächt deutscher Kirchenlieder voran. „Ich bin Willens", schrieb er an seinen Freund, den churfürstlich sächsischen Hofprediger Georg Spalatin, „nach dem Exempel der Propheten und alten Väter der Kirche, deutsche Psalmen für das Volk zu machen, das ist, geistliche Lieder, daß das Wort Gottes auch durch den Gesang unter den Leuten bleibe." Und das hat er gethan.

In solch ächter Volksthümlichkeit, mit solcher Glaubenskraft und kindlichen Einfalt hatte vor Luther noch Keiner gesungen. Cyriacus Spangenberg sagt daher treffend in der Vorrede zu seiner Cithara Lutheri 1569, pag. 2: „Lutherus ist unter allen Meistersängern seit der Apostel Zeit der beste und kunstreichste gewesen, in dessen Liedern und Gesängen man kein vergebliches und unnöthiges Wörtlein findet. Es fleußt und fället ihm Alles aufs lieblichste und artigste voller Geistes und Lehre, daß auch ein jedes Wort schier eine eigene Predigt oder doch zum wenigsten eine sonderliche Erinnerung giebt. Da ist nichts gezwungenes, nichts genöthigtes und eingeflicktes, nichts verdorbenes. Die Reime sind leicht und gut, die Worte artlich und auserlesen — alles herrlich und köstlich, daß es Saft und Kraft hat, herzet und tröstet und ist fürwahr seines gleichen nicht, viel weniger seines Meisters zu finden, wie alle frommen Herzen mit mir bekennen müssen." —

Mit lautem Jubel nahm das Volk die herrlichen Lieder Luthers auf, und mit reißender Schnelligkeit verbreiteten sie sich durch ganz Deutschland, das Werk der Reformation wesentlich fördernd. So schreibt daher Tileman Heßhusius in der Vorrede zu den Psalmen Davids, Frankfurt 1565: „Ich zweifle nicht, durch das eine Liedlein Luthers: „„Nun freut Euch, liebe Christengemein"", werden viel hundert Christen zum Glauben bracht worden seyn — die edlen theuern Worte Lutheri haben ihnen das Herz abgewonnen, daß sie der Wahrheit beifallen mußten." Der Jesuit Konzius klagt: „Die Lieder Luthers haben mehr Seelen getödtet, als alle seine Schriften und Deklamationen." Und der spanische Carmelitermönch Thomas a Jesu sagt: „Es ist äußerst zu verwundern, wie sehr diejenigen Lieder das Lutherthum fortgepflanzt haben, die in deutscher Sprache haufenweis aus Luthers Werkstatt geflogen sind und in Häusern und Werstätten, auf Märkten, Gassen und Feldern gesungen werden." In den Jahren 1524 und 1525 dichtete Luther die meisten seiner Lieder, und es waren allein in

der Stadt Erfurt vier verschiedene Drucker mit Heraus=
gabe seiner Lieder beschäftigt.

Kaufleute, welche nach Frankfurt und Leipzig zur
Messe zogen, gingen auch nach Wittenberg, um Luther
zu sehen und zu hören. Sie brachten häufig seine Lehre
und seine Lieder mit in ihre Heimath und verbreiteten
beide. Studenten, welche von Luther angezogen nach
Wittenberg gingen, um unter ihm zu studiren, wurden
selbst für die Wahrheit gewonnen, natürlich Verbreiter
derselben. Es mögen hier einige Beispiele folgen. Zu
Züllichau in der Neumark hielt schon am Pfingstfeste
1527 der Sohn des Bürgermeisters dieser Stadt, Petrus
Grimm, welcher zu Wittenberg studirt hatte, die erste
evangelische Predigt in der dasigen Pfarrkirche. Das
Widerstreben Einzelner, z. B. des Bürgermeisters Grimm
selbst, des Vaters dieses ersten evangelischen Predigers,
der, als sein aus Wittenberg gekommener Sohn von der
Kanzel das Luther'sche Lied: „Nun bitten wir den hei=
ligen Geist" anstimmte, mit den Worten: „Nun bitten
wir den Teufel" zornig aus der Kirche lief, war nur
von kurzer Dauer und ohne Erfolg.

Auch wandernde Handwerksburschen zogen schaaren=
weis nach Wittenberg, um den deutschen Propheten zu
hören, und was sie gehört hatten, trugen sie überall nach
allen Gegenden hin. Schon im Jahre 1524 am 6. Mai
stand, wie Joh. Vulpius in der Magdeburger Chronik
berichtet, ein blinder Schuster auf dem alten Markt da=
selbst und sang, von Hunderten umringt, das Lied
Luthers: „Es wollt' uns Gott genädig sein". Böswil=
lige Mönche wollten ihn daran hindern, allein sie wurden
von der Menge vertrieben, und der Schuster mußte sein
Lied immer wieder anfangen, welches sich auch Viele

kauften. — In Betreff der Einführung der Reformation in Gardelegen finden sich folgende Nachrichten: 1531 gerieth die Nicolai-Kirche in Brand, und obschon ein Theil der Kirche hätte gerettet werden können, so hinderten es doch die Pfaffen und Mönche, weil sie eine Veränderung vorhersahen und die Kirche lieber in Asche als im Besitz der lutherischen Geistlichen wissen wollten. Sie wollten auch nicht gestatten, das lutherische Lied „Es wollt' uns Gott genädig sein", welches das Volk bei dieser Gelegenheit anstimmte, zu singen, worauf Einer rief: „So sey ock de Düvel gnedig". — Im Jahre 1527 predigte ein Pfaffe in Braunschweig am 22. Sonntage nach Trin. in der St. Franziskaner-Kirche und vertheidigte das Verdienst der guten Werke bei der Seligkeit. Ein Zuhörer aber trat auf und wandte ein, daß in der heiligen Schrift anders gelehrt werde, und da sich der Priester entschuldigen wollte, stand ein Anderer auf und fing Luthers Lied laut zu singen an: „Ach Gott vom Himmel sieh darein". Die ganze Gemeinde stimmte ein und der päpstliche Prediger mußte mit Schande davon ziehen. —

Den Segen, welchen Luthers Kraftlieder der evangelischen Kirche gebracht haben, aber auch fast nur zu berühren, würde schon eine ungemeine, nicht zu lösende Aufgabe sein, und das Wenigste kommt ja doch zur Kenntniß der Menschen, das Meiste verbirgt der Schooß der Ewigkeit, und Gott wird auch hier das Verborgene einst enthüllen, und dem großen Dichter mit seiner goldenen Harfe eine goldene Krone aufsetzen.

Einige Blicke wollen wir aber doch nur auf das uns Allen bekannte Schlachtlied der evangelischen Kirche werfen, auf das Lied: „Eine feste Burg ist unser Gott".

Dr. Jac. Weller, Hofprediger in Dresden, sagte von ihm: „Das sind Worte eines Christen, der ganz bereit und fest steht im Glauben." Und Wimmer nennt es: „der evangelischen Kirche Schutz und Trutz".

Im Jahre 1547 ward Wittenberg von dem Kaiser Carl V. belagert und eingenommen. Da gab es Noth und Herzeleid unter den Evangelischen. Die drei Säulen der Kirche nach Luthers Tode: Melanchthon, Jonas und Creutziger zogen betrübt nach Weimar in die Verbannung. Dort hörten sie ein Mägdlein dieses Lied singen und wurden dadurch gar sehr getröstet, besonders durch die Worte: „Und wenn die Welt voll Teufel wär'". Melanchthon aber sprach zu der frommen Sängerin: „Singe, liebes Töchterlein, singe; du weißt nicht, was du für große Leute jetzt tröstest."

Churfürst Friedrich III., von der Pfalz, wurde gefragt, warum er keine Festungen in seinem Lande anlege? er antwortete: „Eine feste Burg ist unser Gott, eine gute Wehr und Waffe; — so haben wir getreue Unterthanen, und im Fall der Noth eine Anzahl von Kriegsleuten, die nicht allein mit Wehr und Waffen, sondern auch, und fürnämlich mit dem Gebet, unsern Feinden widerstehen können."

Nach dieser Wehr und Waffe griff darum auch der edle Schwedenkönig, Gustav Adolph, am Morgen der Schlacht bei Leipzig, den 17. September 1631, da er Tilly gegenüberstand. Er ließ vor dem Beginn der Schlacht sein ganzes Heer dies Lied anstimmen, und als ihm nun Gott den Sieg verliehen hatte, und er den Feind allenthalben fliehen sah, warf er sich mitten unter die Todten und Verwundeten auf seine Knie, dankte Gott und rief: „Das Feld muß er behalten", V. 2.

Schamelius, der H. Weller's Wort über dieses Lied anführt: „Das soll man nicht nur in der Kirche, sondern auch zu Hause mit starker Stimme im Glauben singen, wenn einen der Teufel schreck't", giebt ihm die Ueberschrift: „Aller frommen, verfolgten Christen Trotz und Trost". Und es hat sich auch vielfach erprobt. Ging ja doch vor Alters der Reim ein über dieses Lied:

> „Eine feste Burg ist unser Gott,
> Half vor Alters, und hilft noch aus Noth."

So geschah es im Jahre 1537, daß Wolfgang, Fürst zu Anhalt, dessen Name unter der Augsburger Confession glänzet, vom Kaiser Carl V. in die Acht erklärt und sein Land einem spanischen Günstling geschenkt wurde. Als nun der Achtbrief angelangt war, setzte er sich auf seinem Schlosse zu Bernburg zu Pferde, ritt den Schloßberg herunter durch die bestürzte Stadt und sang zum Abschied auf dem Marktplatz noch mit heller Stimme dieses Lied, besonders die vier letzten Zeilen des letzten Verses: „Nehm'n sie uns den Leib" 2c. Nachher verbarg er sich längere Zeit in Müllerstracht in der Mühle zu Körau, bis er im Jahre 1550 durch den Passauer Frieden wieder in den Besitz seines Landes eingesetzt wurde. Er hatte nun das Wort gehalten, das er auf dem Augsburger Reichstage 1530 gesprochen hatte: „Ich habe guten Freunden und Herren zu Gefallen manchen schönen Ritt gethan. Warum sollte ich denn nicht, wenn es von nöthen, auch meinem Herrn und Erlöser, Jesu Christo, zu Ehren und Gehorsam mein Pferd satteln und mit Dransetzung meines Leibes und Lebens zu dem ewigen Ehrenkränzlein in das himmlische Leben eilen." —

Dieses Lied war auch des großen Philosophen Gottfr. v. Leibniz Lieblingslied.

Dr. Luther starb am 18. Februar 1546 in Eisleben, wo er geboren war. Von seinen zahlreichen Liedern wollen wir nur nennen:

Verleih uns Frieden gnädiglich.
Gelobet seist du Jesu Christ.
Komm heiliger Geist Herre Gott.
Wir glauben All' an Einen Gott.
Herr Gott dich loben wir. — Te Deum laudamus.
Mitten wir im Leben sind.
Nun bitten wir den heil'gen Geist.
Gott der Vater wohn' uns bei.
Ach Gott·vom Himmel sieh darein.
Eine feste Burg ist unser Gott.
Es wollt' uns Gott genädig sein.
Aus tiefer Noth schrei ich zu Dir.
Vater unser im Himmelreich.
Vom Himmel hoch da komm ich her.
Mit Fried und Freud fahr ich dahin.
Sie ist mir lieb die werthe Magd — (die Kirche).
Nun freut Euch, lieben Christen g'mein'.
Jesus Christus unser Heiland, der den Tod.
Erhalt uns Herr bei Deinem Wort.

## II. Dr. Paul Eber,

Luthers Zeitgenosse und besonders treuer Freund und Gehilfe Melanchthons. Er wurde geboren 1511 am 8. November zu Kitzingen in Franken, wo sein Vater, Johannes Eber, als Schneidermeister lebte. Im Jahre 1523 kam er auf das Gymnasium nach Ansbach. Er mußte aber durch eine schwere Prüfungsschule hindurch. In jenem Jahre starb seine liebe Mutter, er selbst verfiel in eine langwierige Krankheit, sein Vater ließ ihn daher durch den älteren Bruder, Johannes, heimholen. Dieser setzte den nach ein paar Stunden schon vom Gehen sterbens= müde gewordenen Paul auf das Pferd eines vorüber= fahrenden bekannten Metzgers. Nach einiger Zeit wird aber das Pferd scheu, wirft seinen jungen, schwachen Reiter ab und schleift ihn, der wegen seiner großen Stiefel im Bügel hängen blieb, beinahe eine halbe Stunde lang jämmerlich am Boden, indem es mit ihm wild durch die Felder rennt. Zu Hause angelangt, verschwiegen die Knaben den Hergang, da keine besondere Verletzung sicht= bar war; am dritten Tage schwoll ihm aber der Hals auf und nun war es zu spät, dem Uebel zu steuern. Eber wurde krumm und höckerigt und behielt von da sein Lebenlang eine kleine, höckerigte und gebrechliche Gestalt. Doch ward er wieder in soweit hergestellt, daß er seine Studien fortsetzen konnte.

Im Jahre 1532 begab er sich nach Wittenberg, setzte sich zu Luthers und Melanchthons Füßen, und zog bald die allgemeine Aufmerksamkeit auf sich. 1537 wurde er Docent der philosophischen Facultät und mehr und mehr Melanchthons vertrauter Freund. Dieser that fast nichts, ohne seinen Rath gehört zu haben. Man nannte daher Eber scherzweise „Philippi Schatzkammer". Auch Luther hielt sehr hoch von ihm. Bei einem Gastmahle in Melanchthons Hause sprach er zu ihm: „Paulus heißest du, nun so werde ein Paulus und laß dich er= mahnen, daß du nach Pauli Beispiel aufrecht erhalten und schützen wollest die Lehre, welche uns Paulus über= geben hat." —

Eber ward 1544 Professor der griechischen Grammatik, 1557 Professor der hebräischen

Sprache, ein Jahr darauf Generalsuperintendent des Churfürstenthums, und 1559 Doctor der Theologie. Und doch blieb er ein einfältiges Kind in Christo. Am 10. December 1569 schied er unter inbrünstigem Gebet aus dieser Welt. Der Herr ließ es ihm wahr werden, was er in gläubiger Hoffnung in den uns bekannten Worten gesungen hatte:

> In Christi Wunden schlaf ich ein,
> Die machen mich von Sünden rein;
> Ja Christi Blut und Gerechtigkeit,
> Das ist mein Schmuck und Ehrenkleid,
> Damit will ich vor Gott besteh'n,
> Wenn ich zum Himmel werd' eingeh'n.

> Mit Fried und Freud ich fahr dahin,
> Ein Gotteskind ich allzeit bin.
> Dank hab' mein Tod! Du führest mich,
> In's ew'ge Leben wandre ich
> Mit Christi Blut gereinigt sein.
> Herr Jesu, stärk' den Glauben mein.

Von ihm sind auch die Lieder:

„Helft mir Gottes Güte preisen."
„Herr Jesu Christ, wahr'r Mensch und Gott."
„Wenn wir in höchsten Nöthen sein."


## III.  Dr. Paul Speratus.

Er wurde geboren am 13. December 1484 und stammte aus dem schwäbischen Geschlechte der von Spretten. Er studirte in Paris und lehrte später die Theologie in den Städten Augsburg, Würzburg und Salzburg. Als er zu Anfang des Jahres 1522 auf der Durchreise von Salzburg nach Ofen, wohin er als Diener am Worte

Gottes berufen worden war, zu Wien in der St. Stephan=
kirche wider das Papstthum öffentlich gepredigt hatte,
wurde er in ein finsteres Loch hinter St. Stephan ein=
gekerkert. Dort besuchten ihn die evangelischen Glaubens=
brüder oft und empfingen von dem gottvertrauenden
Wahrheitszeugen manch kräftigen, schönen Trostspruch.
Nachdem er seine Freiheit wieder erlangt hatte, ließ er
sich durch nichts abhalten, ferner an der Ausbreitung des
Evangeliums zu arbeiten. Er kehrte nach Salzburg zurück
und durchreiste einen Theil Deutschlands. Im Jahre
1522 verweilte er eine Zeit lang zu Iglau in Mähren
und predigte daselbst das Wort Gottes rein und lauter
mit großem Nutzen. Deshalb, und wegen seiner Ver=
handlungen mit Luther im Auftrage der Prager Univer=
sität, zog er sich abermals Verfolgungen zu. Der Bischof
zu Olmütz legte ihn in eine schwere Gefangenschaft, in
der er unverhört zwölf Wochen lang in einem gräßlichen
Kerker schmachten mußte. Schon hatte ihn der Bischof
zum Feuertode verdammt, auf Fürsprache aber ver=
wandelte er das Todesurtheil in Landesverweisung. Mitt=
lerweile hatte er bei dem großen Brande, der Iglau
verheerte, all sein Hab und Gut verloren.

Im Jahre 1523 kam er endlich nach Wittenberg,
wo er Luther persönlich kennen lernte, der ihn wegen
seines Glaubens und seiner Gelehrsamkeit hochschätzte und
ihn an den Herzog Albrecht von Preußen so nachdrück=
lich empfahl, daß dieser ihn im Jahre 1525 zu seinem
Hofprediger und hernach zum Bischof in Posamien, mit
dem Wohnsitz zu Liebmühl machte. In Preußen legte er
mit Poliander (Graumann) den ersten Grund zur Re=
formation, und brach siegreich der evangelischen Heilslehre
die Bahn, die er so kernmäßig in dem Liede ausspricht:

„Es ist das Heil uns kommen her aus lauter Gnad'
und Güte, die Werke helfen nimmermehr, sie mögen nicht
behüten; der Glaub' sieht Jesum Christum an: der hat
g'nug für uns All' gethan, er ist der Mittler worden."

Als Luther dieses Lied zum ersten Male vor seiner
Thüre singen hörte, ward er bis zu Thränen gerührt.

Paul Speratus aber entschlief am 17. September 1554.
Von ihm haben wir unter andern die Lieder:

„Es ist das Heil uns kommen her."
„Hilf Gott, wie ist der Menschen Noth."
„Ich ruf' zu Dir, Herr Jesu Christ."

## IV. Lazarus Spengler,

geboren am 13. März 1479 zu Nürnberg, wo sein Vater
Rathsschreiber war. Von ein und zwanzig Kindern seiner
Eltern war er das neunte. Im Jahre 1494 bezog er
in einem Alter von 16 Jahren die Universität Leipzig,
um die Rechte zu studiren, und 1507 wurde er Raths=
schreiber in seiner Vaterstadt. Er zeigte dabei eine
solche Gewandtheit, daß er einmal sechs Kanzleischreiber
in sechs verschiedenen Sachen schreiben ließ, dabei von
einem zum andern ging und einem jeden besonders
dictirte!

Schon 1519 trat er entschieden für die Sache Luthers
auf, ward aber auch dafür vom Papst Leo X. 1520 in
den Bann gethan. Allein das Vertrauen des Raths auf
Spenglers Geschicklichkeit und Redlichkeit war so groß,
daß er ihn als Nürnbergischen Gesandten im Jahre 1521
auf den Reichstag zu Worms abordnete, wo Luther so
heldenmüthig sich verantwortete. Er war auch 1530 als
Abgeordneter Nürnbergs bei dem Reichstage zu Augs=

burg gegenwärtig, als die evangelischen Stände ihr
Glaubensbekenntniß vor Kaiser und Reich ablegten. Die
größten Männer seiner Zeit waren seine Freunde. Luther
nannte ihn nur „seinen Lazarus", und schätzte ihn so,
daß er ihm 1534 seine vollständige Bibelübersetzung
schenkte, die sich noch auf der Nürnberger Bibliothek be=
findet. Auch in äußerlichen Dingen verhandelte er mit
ihm, so über sein Petschaft. Er schreibt an ihn: „Ich
will Euch meine ersten Gedanken anzeigen, die ich auf
mein Petschaft wollte fassen, als in ein Merkzeichen
meiner Theologie. Das erste sollte ein Kreuz sein,
schwarz im Herzen, das seine natürliche Farbe hätte,
damit ich mir selbst Erinnerung gebe, daß der Glaube
an den Gekreuzigten uns selig macht. Denn so man
von Herzen glaubet, wird man gerecht. Obs nun wol
ein schwarz Kreuz ist, mortificiret, und soll auch wehe
thun, noch läßt es das Herz in seiner Farbe, verderbet
die Natur nicht, das ist, es tödtet nicht, sondern behält
lebendig. Justus enim fide vivet, sed fide cruci-
fixi (denn der Gerechte wird seines Glaubens leben, aber
des Glaubens an den Gekreuzigten). Solch Herz aber
soll mitten in einer weißen Rose stehen, anzu=
zeigen, daß der Glaube Freude, Trost und Frieden gibt,
und kurz in eine weiße fröhliche Rose setzt, nicht wie die
Welt Friede und Freude gibt, darum soll die Rose
weiß, nicht roth sein; denn weiße Farbe ist der Geister
und aller Engel Farbe. Solche Rose stehet im himmel=
farbenen Felde, daß solche Freude im Geist und
Glauben ein Anfang ist der himmlischen Freude zu=
künftig; jetzt wol schon drinnen begriffen, und durch
Hoffnung gefesselt, aber noch nicht offenbar. Und in
solch Feld einen güldenen Ring, daß solche Seligkeit

im Himmel ewig währet, und kein Ende hat, und auch köstlich über alle Freude und Güter, wie das Gold das höchste, köstlichste Erz ist. Christus, unser lieber HErr, sey mit Eurem Geiste, bis in jenes Leben! Amen. Ex Eremo Grubok (aus der Wüste Koburg — rückwärts gelesen) 8. Juli 1530."

Dort hatte ihn der Churfürst, um den Kaiser nicht zu erzürnen, zurückgelassen.

Spengler war schwacher Gesundheit, litt viel an Steinschmerzen, und machte schon 1529 sein Testament. Seinem Ende sah er mit Sehnsucht entgegen. Als er sich einst ein wenig wieder erholt hatte, schrieb er an seinen Herzensfreund, den Prediger an der St. Sebaldus= kirche, Veit Dietrich: „Ich bin fürwahr noch schwach und weiß nicht, wie Gott es mit mir machen will. Allein mir gebührt es, mich meinem getreuen Gott zu unter= werfen; der mach' es mit mir nach seinem göttlichen Willen. Will er, daß dieser alte Scherbenkrug gar zu Trümmern gehe, so geschehe sein Gefallen." Er entschlief am 7. September 1534. Die ganze evangelische Kirche in Deutschland trauerte um ihn.

Von seinen Liedern sind die bekanntesten:

„Vergebens ist all' Müh und Kost."
„Durch Adams Fall ist ganz verderbt."

## V. Hans Sachs,

der Sohn eines Schneiders zu Nürnberg, geboren am 5. November 1494. In seinem 15ten Jahre trat er in die Lehre bei einem Schuhmacher, lernte sein Hand= werk ordentlich, ging in die Fremde und suchte nament= lich die damaligen „Meistersänger" in Deutschland auf. Es waren meist Handwerker, die in ihren Liedern biblische Geschichten oder Sittenlehren, Psalmen und die Evangelien besangen, auch sonstige Auftritte des täglichen Lebens, Fabeln oder lustige, kurzweilige Einfälle in „Schwänken" dichteten. Sie hatten ihre besondere Schulen, in welchen sie in der Kunst, Verse zu machen, Unterricht gaben. Hans Sachs fühlte dazu in sich einen unwiderstehlichen Trieb, und brachte es in der Kunst weit. Sein Name wurde in ganz Deutschland bekannt, dessen fruchtbarster Dichter er auch war, denn er hat im Ganzen 6048 Gedichte gemacht.

Er war, 22 Jahre alt, nach Nürnberg zurückgekehrt, hatte 1519 sein Meisterstück gemacht und sich verheirathet. Seine Dichtkunst widmete er, wie er selbst sagt, nicht irdischen, eitlen Dingen, sondern dem Lobe Gottes. Besonders interessirte er sich gar bald und eifrig für das Werk der Reformation. Er war herzlich bemüht, den Mann Gottes, der dies Werk angefangen hatte, durch seine Lieder zu verherrlichen. Er that dies besonders in dem Gedichte zu Ehren Luthers, das den Titel hat: „Die Wittenbergisch Nachtigall, die man jetzt höret überall. Nürnberg 1522." Darin ist beschrieben, wie eine arme Heerde auf elende Weide und mitten unter die Raubthiere gerathen ist und in ihrer Angst keine Rettung weiß, nun aber mit einem Mal eine Nachtigall anfängt, ganz lieblich zu singen, also, daß wer ihrer Stimme nachgeht, auf eine schöne, blumige Aue kommt, wo die Sonne hell scheint und die Quellen fließen, wo Alles grünt und blüht, ein Löwe aber (Papst Leo), der zuvor manches Schäflein in seinem Blutdurste zerrissen, umsonst mit List und Gewalt versucht, die abgefallenen Schafe wieder zu sich zu locken. — Dadurch trug Sachs ungemein viel zur Beförderung des Reformationswerkes, namentlich in den mittlern Klassen bei.

Seiner eigentlich geistlichen Lieder sind zwei und zwanzig; unter ihnen ist das bekannteste:

> „Warum betrübst du dich, mein Herz,
> Bekümmerst dich, und trägest Schmerz
> Nur um das zeitlich' Gut?
> Vertrau du deinem Herrn und Gott,
> Der alle Ding' erschaffen hat."

Hans Sachs mußte, wie alle Kinder Gottes, auch durch viele Trübsals-Wellen hindurch, ehe es nach Canaan hinüber ging. Alle seine sieben Kinder starben ihm, am 27. März 1560 auch sein treues Weib. Mit der Nahrung stockte es, die Kräfte nahmen ab, da saß er denn größentheils in stillem Nachsinnen an seinem Tische, die Bibel oder ein anderes Buch vor sich, bis ihn am 25. Januar 1576 sein Herr heimrief.

## VI. Nicolaus Decius.

Er war Anfangs Mönch, später Probst des Klosters Steterburg in Wolfenbüttel. Gleich beim Beginn der Reformation trat er zur evangelischen Lehre über, verließ sein Kloster und wurde nach seinem Uebertritt zum Lutherthum Schulkollege an der St. Catharinen= und Aegidienschule zu Braunschweig, in welcher der Braun= schweigische Reformator Gottschalk Kruse oder Crusius schon im Jahre 1521 Eingang gefunden hatte. Hier erregte er durch die seither unerhörte Aufführung viel= stimmiger Musikstücke zur Verschönerung des protestan= tischen Gottesdienstes großes Aufsehen. Er war ein Meister in der Musik und besonders im Harfenspiel und setzte seine Lieder, welche von Anfang der Reformation an ein Gemeingut der evangelischen Kirche wurden, selbst (gerade wie Luther) in Musik. Im Jahre 1524 kam er als Prediger an die St. Catharinenkirche nach Stettin, wo er nach kurzem, aber segensvollem Wirken für die reine Lehre des Wortes im Jahre 1529 starb. — Man sagt, er sei aus Haß von den Katholiken vergiftet worden. — Seine Lieder sind:

> „Allein Gott in der Höh' sei Ehr'."
> „Heilig ist Gott der Vater."
> „O Lamm Gottes unschuldig."

Das erstere: „Allein Gott in 2c." ist ein Lied, dessen Anfang schon die Engel in der heiligen Weihnacht anstimmten (Luc. 2, 14) und von dem Luther sagt: „Man spüret wohl, daß dieser fröhliche, tröstliche Gesang nicht auf Erden gewachsen, noch gemacht, sondern vom Himmel herunter gekommen ist." Diese Engelworte wurden früh schon mit einigen Erweiterungen in der morgenländischen Kirche als ein Psalm gebraucht. Es war dieser Psalm der ersten Christen regelmäßige Morgenandacht und auch unter dem stehenden Namen des Morgengesanges in allen Kirchen des Morgenlandes verbreitet. Wie sehr die alten Christen diesen Psalm hochhielten, sieht man daraus, daß er sich in einer der ältesten Handschriften des Neuen Testaments hinter den heiligen Büchern aufgezeichnet findet. Jeden Morgen brachten die Christen der ersten Jahrhunderte diesen Psalm Christo, als Gott, zum Lobopfer dar. Damals kostete es Blut und Leben, wenn man nur einmal mit der Christengemeinde diesen Gesang anstimmte. In Höhlen und heimlichen Orten, unter dem Auflauern ihrer blutdürstigen Verfolger, mußten ihn die ersten Christen bei ihrem Gottesdienste anstimmen. Wir aber dürfen ihn jetzt in unsern Kirchen, wohin wir uns ganz bequem, ohne allen Spott und Lebensgefahr, begeben können, frei und freudig singen. „Darum", sagt v. Schubert (Altes und Neues, 4 Bde., 1837), „darum, mein Christ, wenn du nun am Sonntag Morgen das schöne Lied singst, so denke daran, daß dieses Lied Tausenden von Bekennern, die jetzt bei dem Herrn sind, und dem „Lamme" folgen, wohin es geht, schon eine Kraft Gottes zur Seligkeit gewesen ist. Und wenn du es mit rechter Andacht singst, so singst du es mit den Seligen und Engeln, und das Lied wird auch dir eine Gotteskraft geben, zu überwinden die Lüste der Welt und Tod und Hölle."

Wie vielen Tausenden ist das Lied schon zum größten Segen geworden. Christian Scriver erzählt in seinem Seelenschatz III. S. 1176: „Ich habe zuweilen wahr= genommen, daß auch bei schweren Ungewittern und stock= finsterer Nacht die Nachtigall in ihren Dornhecken sich hat lieblich hören lassen; so habe ich auch gottselige Christen gehört, welche bei dergleichen Gewittern fröhlich mit den Ihrigen anstimmten: „„Allein Gott in der Höh' sei Ehr'."" Ich freute mich darüber und sagte mit Freudenthränen bei mir selbst: „„So recht, liebes Vö= gelein! so recht, ihr christlichen Seelen! Lasset uns des Friedens genießen, lasset unsern Gott donnern und blitzen, daß er die sichere Welt schrecke und seine große Gewalt und Herrlichkeit kund mache; das geht aber seine Kinder nicht an, denen Er Gnade und Friede in Christo Jesu versprochen hat.""

Auch bei innern Anfechtungen hat dieses Lied schon oft seine lieblichen, löblichen Dienste geleistet.

So erzählt eine durch anhaltende innere Anfechtung

schwer heimgesuchte, vornehme Frau, die länger, als anderthalb Jahr, nichts mehr von der Gnade Gottes in ihrem Herzen gespürt hatte, von sich: „Als ich einstmals des Sonntag Morgens erwachte und das Tageslicht erblickte, welches um Johannis 1681 geschah, fingen die Stadtmusikanten vom Kirchthurm herab das herrliche Lied: „„Allein Gott in der Höh'"" zu blasen an. Das klang mir so süß in meinen Ohren, als wenn es vom Himmel erschallte. Da richtete ich mich auf und betete das ganze Lied mit; hierauf bekam ich eine herzliche Andacht, seufzte in guter Hoffnung und sagte: „„Nun wird Gott der Herr vieler Frommen Gebete erhört haben"", betete darauf Luthers Auslegung und las auch andere geistreiche Schriften. Hieraus habe ich nun die wunderbarliche Errettung des barmherzigen Gottes genugsam gespüret, worüber ich auch von Herzen sehr erfreut, weil ich länger als anderthalb Jahre dergleichen nicht thun können; denn auch seit solchem ängstlichen Zustande weder beten noch in einem geistreichen Buche etwas lesen können. Von dieser Zeit an hat die große Schwermuth und hohe geistliche Anfechtung nach und nach sich gänzlich bei mir verloren, für welche große Gnade und wundersame Befreiung ich den gnädigen Gott hier zeitlich und dort ewig preisen werde."

Auch Sterbende haben sich allezeit mit diesem Liede getröstet, wie schon in den ältesten Zeiten manche Märtyrer dasselbe anstimmend zum Richtplatz fröhlich, wie zu einem Gastmahl gingen.

So lag einst Philipp Ludwig, Graf zu Hanau und Rheineck, im August 1612 auf dem Sterbebette, wo er sich als ein gar frommer und gottseliger Herr bezeugte. Am Abend des 7. August ließ er, nachdem er von den Seinigen Abschied genommen, alle Thüren öffnen und sprach zweimal überlaut: „Machet alle Thüren auf und lasset alle meine Leute kommen, daß sie sehen, wie ich fröhlich sterbe, und sich meines Exempels trösten." Am Sonntag den 9. August hob er am frühen Morgen die Augen und das Haupt auf und rief mit heller Stimme: „Nun bin ich einmal erlöst!" Jetzt läutete man in der Altstadt zur Predigt, und als ihm da der Prediger Appelius zusprach: „Diese Glocke ruft jetzt Eure Gnaden zu dem himmlischen Engelgesang; jetzt werden Sie mit den lieben Engeln zu Chor gehen", sprach der Sterbende sogleich: „Wohlan, so laßt uns singen!" und fing mit fröhlicher Stimme den Engelgesang an: „Allein Gott in der Höh' sei Ehr'". Alle Anwesenden stimmten ein. Als die Anderen sangen: „und Stiller unsers Haders" (V. 3), sang er: „meines Haders". Nach diesem stimmte er an: „Der Tag, der ist so freuden=reich". Endlich begehrte er noch den 116. Psalm: „Das ist mir lieb, daß Gott mein Hort", den er nur noch schwach mitsang. Gleich darauf ging seine Seele still und selig von dannen.

Ein merkwürdiger Umstand trug sich auch mit diesem Liede zu bei dem großen Brande zu Ham=burg an Himmelfahrt des Jahres 1842. Kurz ehe der St. Petersthurm daselbst vom Feuer verzehrt zusammen=stürzte, spielte, mitten im Feuer und Jammer des Herrn Lob verkündend, das auf demselben befindliche Glocken=spiel noch dieses Lied als seinen Schwanengesang, worüber alle Gemüther eine unsägliche Wehmuth ergriff.

O Lamm Gottes, unschuldig.

Die Worte wurden schon von der alten griechischen und lateinischen Kirche gebraucht. Papst Sergius I.

(von 687—701) traf die Anordnung, daß das Agnus Dei (Lamm Gottes) vom Priester und Volk gemeinschaftlich gesungen werde, und zwar bei der Communion.

Luther aber nahm die durch Decius geschehene Ueberarbeitung dieses Gesanges alsbald in seine „Deutsche Messe" vom Jahre 1526 auf und verordnete dabei, nach Beendigung des Gesanges der Einsetzungsworte und geschehener Consecration von Brod und Wein soll sogleich das Lied: „O Lamm Gottes, unschuldig" gesungen werden und während dieses Gesanges sollen die Communicanten an den Altar treten und das gesegnete Brod und den Kelch empfangen.

Auch dieses Lied hat vielen geschichtlichen Segen hinter sich. Hier davon Einiges.

Ein sechzehnjähriges Mädchen, Magdalena, die in eitlem Weltsinn dahin gelebt hatte, wurde im Jahre 1762 in einer tödtlichen Krankheit so erweckt, daß sie tiefe Reue und große Anfechtung über ihre Sünde empfand. Sie konnte lange gar nicht glauben, daß ihr von Gott ihre vielen Sünden könnten vergeben werden, also daß sie dem Seelsorger, der sie mit der Geschichte von der Sünderin Luc. 7, 36 ff. trösten wollte, entgegnete: „Ach! das geht mich nichts an, diese begnadigte Magdalena bin ich nicht." Da sang ihr ihre Magd zwei Tage darauf dieses Lied vor und sie sang mit. Darauf schlief sie sanft ein, und als sie erwachte, fing sie zum Staunen der Umstehenden, denen sie wiederholt zurief: „Thut Buße! thut Buße!" mit einem Male zu beten an: „O Du seliges Lamm Gottes! erhöheter Heiland! Du großer Sünderfreund! wie kann, wie soll ich Dir genugsam danken, daß Du auch für mich, die größte Sünderin, gestorben bist." Nun war sie von ihrer Begnadigung bei

Gott so lebendig überzeugt, daß sie trotz aller Schwäche Gott laut und fröhlich pries und das Lied anstimmte: „Nun danket alle Gott."

Dr. Heinr. Müller zu Rostock, der bekannte Verfasser der „geistlichen Erquickstunden", sang dieses Lied voll großer Herzensfreude, obwohl sehr ohnmächtig, als er in der Stunde seines Todes (23. September 1675) das heilige Abendmahl genoß, und tröstete dann in gewisser Hoffnung des ewigen Lebens die Seinigen mit den Worten: „Ungehindert von dem Leibe des Todes werde ich vor dem Stuhle Gottes und des Lammes mit größerer Kraft für Euch beten."

Der verstorbene Pastor Harms in Hermannsburg erzählt in seinem Missionsblatt folgende Geschichte:

„Vor langer Zeit trug sich hier in Hermannsburg eine kleine Geschichte zu, nämlich in dem Jahre 1717, welche ein hiesiger Prediger, Namens Christoph Gabriel Stock, erzählt, der von 1687 bis 1720 hier Pastor gewesen ist. Damals war der große türkische Krieg, in welchem der fromme und tapfere Feldherr, Prinz Eugen, so herrliche Siege über die Türken davon trug. Aus allen deutschen Ländern befanden sich Hülfstruppen bei dem kaiserlichen Heere, auch aus unserm Lande waren etliche mitgezogen, und namentlich aus unserm Dorfe ein Herr von Staffhorst mit zwei Reitersknechten, von welchen der eine Peter Paasch und der andere Hans Püffel hieß. In der großen Schlacht bei Belgrad, welche die Deutschen gewannen, hatte Hans Püffel seinen Tod gefunden, indem er seinen hart bedrängten Herrn aus den Händen der Türken los hieb. Bei dem darauf folgenden Sturm auf Belgrad war der Herr von Staffhorst gefallen, nachdem er bereits in die Stadt eingedrungen war. Peter Paasch, voll Schmerz über den Tod seines geliebten Herrn, hatte die fliehenden Türken so unvorsichtig verfolgt, daß er außerhalb der Stadt von den Fliehenden umzingelt und gefangen genommen wurde. Sie banden ihn an seines Pferdes Schweif, ein Türke setzte sich auf das Pferd, und Paasch mußte nackt und barfuß nebenan laufen, denn die Türken hatten ihm alles abgenommen. Spät Abends machten sie in einem Walde Halt, wo sie sich vor den Christen in Sicherheit glaubten, und nun sollte an dem gefangenen Christen eine ausgesuchte Rache genommen werden, denn die Türken hatten gesehen, wie Paasch mehrere niedergehauen hatte im Kampfe. Sie legten zuerst zwei Stecken in Form eines Kreuzes übereinander, spieen dies Kreuz an und wollten Paasch durch Schläge und Martern zwingen, auch das Kreuz anzuspeien. Paasch aber, der vom Pferde wieder losgebunden war, und von dem man sich keines Widerstandes versah, schlug jeden Türken, der das Kreuz anspie, ritterlich hinter die Ohren, bis man ihm wieder Hände und Füße zusammenband. Nun wurde er mit Messern und Dolchen gestochen, um ihn zum Anspeien des Kreuzes zu zwingen, und als das Alles nichts half, nagelte man ihm beide Hände über dem Kopf an einen Baumstamm fest und wollte ihn mit Peitschenhieben, Stockschlägen und beigebrachten Wunden zwingen, den Namen Muhamed auszusprechen. Aber so oft man ihm diesen Namen vorsprach, sagte er: Jesus Christus. Da entschlossen sich die Feinde Christi, zu seinen Füßen ein Feuer anzuzünden, und ihn so entweder zum Verleugnen zu bringen, oder ihn unter Feuerqualen sterben zu lassen. Da nun Paasch sah, daß sein Tod nahe war, so betete er mit andächtiger Stimme ein Vaterunser und dann den Glauben, und der Herr gab dem tapferen Kriegsmann solchen Frieden ins Herz, daß er sogar für seine Mörder beten konnte, wie der Herr gethan und der heilige Stephanus. Kaum aber hatte er ausgebetet, so wurde er mit so hoher, himmlischer Freudigkeit erfüllt, daß er sich nicht enthalten konnte, mit wuchtiger, alles übertönender Stimme den alten, herrlichen Passionsgesang anzustimmen: O Lamm Gottes unschuldig, am Kreuz für uns geschlachtet ꝛc. Eben hatte er den dritten Vers zu Ende gesungen, und mit den Worten: „Gieb uns Deinen Frieden, o Jesu, Amen" geschlossen, da ertönte draußen vor dem Walde heller Trompetenklang, deutsche Reiter brachen in den Wald, die Türken stoben auseinander und mit Staunen sahen die Reiter den angenagelten Paasch und das Feuer zu seinen Füßen. Sie machten ihn eilend los, und ohnmächtig fiel er in ihre Arme. Nachdem sie seine vielen Wunden verbunden, ihn gereinigt und mit Kleidern versehen hatten, kam er wieder zu sich, und seine erste Frage war: Wie hat Gott Euch gerade zur rechten Zeit und Stunde hergesandt? Sie antworteten: Wir waren zur Verfolgung der Türken ausgesandt, da hörten wir im Walde den Gesang: O Lamm Gottes unschuldig. Das ist ein Christ, riefen wir, und jagten hinein in den Wald; das Lamm Gottes, dem du vertrautest, hat dich gerettet. Sie brachten nun Paasch nach Belgrad. Die Geschichte kam vor die Ohren des frommen Prinzen Eugen, der ließ ihn aufs beste verpflegen, besuchte ihn selbst einige Male und freute sich an seinem kindlichen, einfältigen Glauben, und schickte ihn dann, da er zum Kriegsdienste nicht mehr taugte, ins Vaterland zurück. Stock sagt, er habe noch 10 Jahre in der Gemeine auf Paaschhof in Borstorf, aus welchem er stammte, gelebt, und die Wundenmaale des Herrn Jesu an seinem Leibe getragen, zur Stärkung der Gemeine im Glauben, und im Jahre 1728 sei er im Glauben gestorben, nachdem er eben gesungen: O Lamm Gottes unschuldig! — Das war ein Bekenner. Der Herr Jesus präge uns doch an diesem Beispiele den Spruch ein: Wer mich bekennet vor den Menschen, den will Ich auch bekennen vor Meinem himmlischen Vater.

## VII.  Dr. Philipp Nicolai,

geboren am 10. August 1556 zu Mengeringhausen in der Grafschaft Waldeck, wo sein Vater Pastor und Inspector der Waldeckschen Geistlichkeit war, in welcher Eigenschaft er auch der die lutherische Kirche in der Grafschaft Waldeck begründenden Synode im Jahre 1555 beigewohnt hatte. Philipp wurde Prediger an verschiedenen Orten, nahm 1594 die theologische Doctorwürde an und ward im Jahre 1596 nach Unna in Westphalen berufen. Hier wüthete im Jahre 1597 die Pest aufs Grausamste; es starben in kurzer Zeit 1400 Personen in Unna. Diese sah Nicolai alle von seinem Fenster aus nach der Reihe beerdigen. Auch in sein Haus brach die Pest ein, er selbst aber blieb von ihr unberührt. Da brachte er seine Zeit mit täglichen Todesbetrachtungen zu und versenkte seine Seele in die Dinge der Ewigkeit. Er schrieb seine herrliche Schrift: „Freuden-Spiegel des ewigen Lebens". In diesem Buche kommen herrliche Stellen vor, z. B. „O Du ewiges, seliges Leben! Es ist meine Lust, daß ich von Dir rede, von Dir höre, von Dir schreibe, von Dir Gespräch halte

und von Deiner ewigen Seligkeit und himmlischen Herr=
lichkeit alle Tage lesen möge, und was ich gelesen habe,
daß ich solches möge schließen in meines Herzens
Schranken und ihm stets nachdenken, damit ich also mich
abwende von der heißen Sorge, Gefahr, Müh' und Ar=
beit dieses sterblichen und vergänglichen Lebens und er=
quicke mich wie ein Pilger und Wandersmann mit der
süßen, kühlen Luft Deiner lebendigen Güte, auf daß ich
möge, wenn ich will schlafen gehen, das müde Haupt in
Deinen Schooß niederlegen und in Dir meine Ruhe
finden, Du ewiges Leben!" — An einer andern Stelle:
„Ein Christ soll in Zeiten gedenken, mit was fröhlichen
Worten er zur Stunde des Todes seinen seligen Abschied
von der Welt nehmen und gen Himmel fahren wolle.
Ich denke ihm oft nach und kommt mir nicht wenig vor,
wie herzlich sich eine Braut erfreuet, wenn sie ihrem
Bräutigam soll zugeführet werden, wie Kinder sich hoch
erfreuen, wenn sie aus fremden Landen kommen und der
hohen Thürme Spitzen und Mauern ihres vielgeliebten
Vaterlandes von ferne wieder zuerst ansichtig werden." —
Und wieder an einer andern Stelle ruft er aus: „O
Jesu! daß ich könnte von Dir reden, wie die jauchzen=
den und freudereichen Chöre der Engel von Dir reden!
O wie gerne wollte ich meine Sinne, Kräfte und Ge=
danken dahin richten und wenden, daß Du möchtest ge=
rühmt und gepriesen werden. O wie andächtig wollte
ich engelische Lieder nach himmlischer Melodie, mitten
in der christlichen Gemeinde, Dir zu Lob und Ehren
Deines Namens ohne Aufhören singen!" Und solche
Lieder hat er hier schon gesungen.

Seine beiden Hauptlieder sind:

„Wachet auf! ruft uns die Stimme."
„Wie schön leucht't uns der Morgenstern."

Von Unna kam Dr. Nicolai im Jahre 1601 als Pastor nach Hamburg an die St. Catharinenkirche. Hier ward er aber schon am 26. October 1608 im zwei und funfzigsten Jahre eingeführt in die Freuden des ewigen Lebens. Die Leichenpredigt hielt ihm der Hamburger Prediger M. Dedeken über Offenb. 14, 13: „Selig sind die Todten, die in dem Herrn sterben" ꝛc.

Das Lied: „Wachet auf! ruft uns die Stimme" ist eine köstliche Perle im Liederkranz der evangelischen Kirche. Der verstorbene bekannte Dr. Albert Knapp in Stuttgart hat es „das Ebenbild des Straßburger Münster" genannt.

Dr. Spener, der als Probst an der St. Nicolai-Kirche in Berlin im Jahre 1705 starb, sang dieses Lied gewöhnlich Sonntag Abend mit den Seinigen, und heiligte also den Sabbath im Andenken an den großen Ruhetag, der bereitet ist dem Volke Gottes.

Georg Conrad Pregizer, Professor der Theologie in Tübingen, der Herausgeber der „gottgeheiligten Poesien", erzählt von seinem Vater, welcher Regierungsrath in Stuttgart war und dort am 2. Februar 1708 starb, derselbe habe in seiner Todesstunde den 3. Vers mit heller Stimme zu singen angefangen und vollendet mit großer Devotion und Bewegung, da er vorher kein lautes Wort mehr hat reden können.

Nicolai's zweites Hauptlied ist das bekannte und berühmte: Wie schön leuchtet der Morgenstern. Es zeichnet sich ebenfalls durch hohen Schwung und innige Liebesgluth zu dem Herrn aus.

In seinem „Freudenspiegel des ewigen Lebens" vom Jahre 1599 steht es am Anfange dieses Werkes neben dem Liede: „Wachet auf, ruft uns die Stimme", und zwar unter der Ueberschrift: „Ein geistlich Brautlied der gläubigen Seele vor Christo Jesu ihrem himmlischen Bräutigam, gestellt über den 45. Psalm des Propheten David." In dem genannten Buche aber betet er: „Ich habe Dich gesucht und habe Dich gefunden, Du allerliebster Herr Jesu, und begehre Dich zu lieben. Darum verwahre doch in mir das brünstige Verlangen nach Dir und versage mir nicht, darum ich Dich bitte. Wenn Du mir gäbest Alles, was Du gemacht hast, so könnte doch solches Alles mich nicht erfättigen, wo Du nicht Dich selbst mir schenktest und gäbest. Ach Herr! Dich selbst wollte ich gern haben, Dich selbst wolltest Du mir schenken; ach, mein Gott! gib Dich mir. Siehe, ich habe Dich herzlich lieb, und ist es zu wenig, so laß mich Dich noch stärker lieben. Mit Deiner Liebe bin ich umfangen und brenne vor inbrünstigem Verlangen nach Dir; Du hast mir mein Herz besessen und Deiner kann ich in Ewigkeit nicht vergessen."

Er dichtete das Lied ums Jahr 1597, als er noch Pfarrer in Unna war. Es war damals die große Drangsal und Betrübniß, von der wir schon gesprochen haben: die Pest wüthete in Unna und im Fürstenthum Waldeck, dem Vaterlande Nicolai's, fürchterlich. Er mußte oft dreißig Glieder seiner Gemeinde an einem Tage auf den Kirchhof tragen sehen und verlor einen Blutsfreund und Anverwandten nach dem andern. Da trat die Vergänglichkeit des Irdischen ihm lebendig vor die Seele und machte sich ihm auf eine tief einschneidende Weise geltend; er wandte darum seine Liebe von der Welt immer entschiedener ab und zum höchsten Gute hin, und seine Seele wurde voll Liebesgluth zum Herrn und seinen ewigen Gütern. So saß er denn nun, wie Arcularius erzählt, eines Morgens unter großem Schmerzensdrange und Bekümmerniß auf seiner stillen Arbeitsstube und schwang sich in seinem Geiste aus Noth und Tod, die ihn umringten, zu dem Erlöser und Heiland, und während er den in heißer Liebe umfaßte, erzeugte sich in seinem tiefsten Innern dieses köstliche Lied der Heilandsliebe und Himmelswonne. Er war dabei so ganz in selige Begeisterung versunken, daß er Alles um sich her vergaß, selbst das Mittagessen, und sich nicht in seiner Dichterarbeit stören ließ, bis er das Lied zu Ende gebracht hatte. Da dies endlich des Nachmittags drei Uhr geschehen, soll er sich ungemein gefreut haben und ganz entzückt zu den Seinigen gekommen sein.

Dieses Lied hat eine große Berühmtheit in ganz Deutschland erlangt; in Freud und Leid ward es der Lieblingsgesang unserer alten evangelischen Gemeinden. Bei der Hochzeitsfeier, dann bei der Abendmahlsfeier, besonders aber hörte man es an den Sterbebetten solcher Christen erklingen, die in gläubiger Liebe und Zuversicht zu dem Heilande und Erlöser ihrer Seele gestanden und nun, zur Hochzeit des Lammes und zum himmlischen, großen Abendmahl in des Vaters Reich berufen, von hinnen schieden. M. Vincenz Krull schreibt daher vornämlich von dem letzten Verse im Jahre 1659: „Wie manch himmelsdürstig Herz schließet mit diesem Vers sein Leben und seufzet also in der letzten Todesstunde nach seinem Jesu und wird auch bald darauf heimgeholt.“ Der Vers lautet:

> Wie bin ich doch so herzlich froh,
> Daß mein Schatz ist das A und O,
> Der Anfang und das Ende:
> Er wird mich doch zu seinem Preis
> Aufnehmen in das Paradeis;
> Deß klopf ich in die Hände.
> Amen! Amen!
> Komm Du schöne Freudenkrone, bleib nicht lange:
> Deiner wart ich mit Verlangen.

So begehrte die edle Jungfrau Susanna Eleonora v. Koseritz in ihrer letzten Stunde am 9. October 1717, daß man ihr dieses geistliche Brautlied noch vorsingen solle. Nachdem ein solches geschehen, sahe sie auf gen Himmel und rief mit lauter Stimme und gar freudigen Geberden, als im Triumph: „O, was seh' ich! wie herrlich!" Auf die Frage, was es denn sei? antwortete sie jauchzend mit erhobener Hand: „Groß ist der König der Ehren, groß ist der König der Ehren, groß ist der König der Ehren! Heilig, heilig, heilig ist Gott der Herr Zebaoth!" Bald darauf entschlief sie sanft und selig.

So schieden mit dem erwähnten Schlußvers dieses Liedes auf den erblassenden Lippen freudig von hinnen: der berühmte Gottesgelehrte Dr. Johann Gerhard, Johann Arndts vertrauter Freund, dem das Lied auch ein Lieb= lingslied war. Dr. Gerhard hat unter anderm ge= schrieben: die „Schule der Frömmigkeit" (Schola pie- tatis). Auf seinem Sterbebette (1637) und in seinem Tode hat er sich mit dem „Morgenstern" herzlich ge= tröstet. So auch Magdalena Sybilla, die Ge= mahlin des Churfürsten von Sachsen, Johann Georg I., desgleichen die treue Lebensgenossin des lutherischen Theo= logen Dr. Abraham Calov in Wittenberg, die noch die

Worte anknüpfte: „Nun weiß ich, daß mein Seelen= bräutigam Jesus Christus mich schön schmücken und zieren wird."

Die Freiin Maria Elisabetha von Schönberg in Sachsen, gewöhnlich vom Volke nur „die Mutter von Schönberg" genannt, weil sie eine Mutter der Waisen und Verlassenen, ein Trost und eine Zuflucht aller Be= trübten war, ließ sich das Lied von ihrem Beichtvater Christian Gerber bei Empfang des heiligen Abendmahls in der Sterbestunde noch vorsingen, wobei sie bezeugte: „Es ist mir doch gar zu wohl, wenn Ihr singet; es war auch nicht anders, als ob Engel mitgesungen hätten."

Selbst auf dem Richtplatze erklang dieses Lied und half den zum Tode verurtheilten Unglücklichen zu süßem Sterbenstrost. So erzählt Dr. Joachim Lange zu Halle von einem churfürstl. brandenburgischen Pagen v. Hohn= dorf, der zum Richtplatze geführt wurde, weil er einen andern Pagen entleibt hatte. Unter Lange's Zuspruch aus Gottes Wort bekehrte er sich aber noch vor seiner Hinrichtung so gründlich, daß er zu einem hohen Grad von Freudigkeit kam, und zum Richtplatz, auf den ihn Lange begleitete, wie zur Hochzeit oder zu einem Freuden= mahle ging. Auf dem Richtplatze angelangt, bat er sich aus, daß ihm dieses Lied noch angestimmt würde, wobei er mitsang und worauf er dann, nachdem er noch eine freudige, aber eindringliche Rede an das versammelte Volk gehalten, getrost seinen Geist unter dem Richt= schwerte aufgab.

Ein alter Dorfschulmeister in Schlesien hatte zur Zeit des siebenjährigen Krieges (1756—1763), als die Feinde rings um sein Dörflein her mit Sengen und Brennen wütheten, gerade das Morgenläuten besorgt, als ein alter schwarzer Husar zum Kirchhof hereinjagte, seinen Braunen an den Fensterladen des Schulmeisters band und gebieterisch von ihm die Kirchenschlüssel verlangte. Voll Schrecken und Besorgniß, der grimmige Soldat möchte einen Kirchenraub im Schilde führen, öffnete der Schulmeister mit widerstrebendem Herzen die Kirchenthüre. Der Husar eilte raschen Schrittes die Kirche entlang, der Orgel zu; dort setzte er sich Athem schöpfend auf eine Bank und rief herrisch: „Schulmeister, mach' er die Orgel auf und geb' er mir ein Gesangbuch." Der that augenblicklich, wie ihm geheißen ward, und seine Frau, die entschlossenen Sinnes zur Hülfe ihres Mannes herbeigeeilt war, mußte die Balgen treten. Unterdessen hatte der Husar ein Lied aufgeschlagen und sagte nun mit weit milderem Tone: „„Wie schön leuchtet der Morgenstern"" — „spiel er das, lieber Schulmeister, aber so recht fein und ordentlich; er versteht mich wohl?" Der Schulmeister spielte nun mit Herzenslust sein Vorspiel, worauf der Husar mit seiner tiefen Baßstimme einfiel; der Schulmeister und seine Frau hinter der Orgel thaten ein Gleiches. Der Husar aber sang mit großer Andacht und gefalteten Händen, und die hellen Thränen fielen ihm über den eisgrauen Knebelbart auf das Buch herab. Nachdem diese Drei nun das ganze Lied so mit einander ausgesungen hatten, ging der Husar auf den Gotteskasten zu und legte ein Achtgroschenstück hinein, beschenkte auch den Schulmeister und eilte dann zum Gotteshaus hinaus. Auf dem Kirchhofe draußen, mit Fragen bestürmt von dem alten Schulmeister und seiner Frau, wie er denn wohl auf den Gedanken gekommen sei, hier seine Morgenandacht zu halten, nahm er sie Beide bei der Hand und hob an, folgendermaßen zu erzählen: „Ich und meine drei Söhne hatten uns als Freiwillige dazu hergegeben, mitten unter den umherschweifenden, feindlichen Patrouillen den Feind auf einem gefährlichen Punkte zu beobachten. Wir hielten die ganze Nacht auf einer buschigen Anhöhe; links und rechts blitzte es um uns her; wir sahen bald hier, bald dort feindliche Mannschaften. Nicht meinetwegen, denn wie lange werde ich noch reiten? — sondern wegen meiner Söhne seufzte ich in der finstern, gefahrvollen Nacht: „„Herr! erhalte uns!"" Kaum hatte ich's heraus, als es zu dämmern anfing und der Morgenstern mir in's Auge blitzte. „„Wie schön leuchtet der Morgenstern"" — fiel mir in diesem Augenblick aus meiner Jugendzeit ein. Gar Manches, was ich seither gethan, und was nicht allemal recht war, hing sich wie eine Bleilast daran. Ich rechnete nach, seit wie viel Jahren ich in keine Kirche gekommen, und ich that Gott das Gelübde, wenn ich dies Mal davonkäme, wieder einmal eine Andacht zu verrichten. Das hab ich denn nun gethan und es ist mir von Herzen gegangen." Mit diesen Worten setzte er sich auf und ritt davon. —

## VIII. Valerius Herberger,

Pfarrer zu Fraustadt in Großpolen, wo er auch am 21. April 1562 geboren worden war. Sein Vater war ein Kürschner, ein frommer Mann und ein Poet dazu. Er verwandte viel auf des Sohnes Erziehung und sagte oft: „Dieser Sohn muß mir studieren und wenn ich's soll erbetteln." Da derselbe nämlich noch ein ganz kleines Kind war, pflegte er, wenn man ihn aufwickelte, die drei erften Fingerlein der rechten Hand aufzuheben, wie man den Erlöfer pflegt zu malen. Ueberdem fagte der Vater oft zu feinen Freunden: „Ihr werdet es erfahren, es wird ein Prediger aus ihm werden, er wird von dem Herrn Jefu zeugen." Als er ihn zum erften Male zur Schule führte, ging er zuvor mit ihm in die Kirche und rief Gott über ihn an, daß Er doch ein Gefäß der Barmherzigkeit und brauchbares Werkzeug der Kirche aus ihm machen möchte. Gott erhörte das Gebet reichlich und hat aus dem Valerius einen Stern am Kirchen= himmel gemacht. Doch welch ein Beifpiel für Eltern!

Da der Knabe erft neun Jahre alt war, ftarb der treu beforgte Vater und er mußte nun früh die Schule der Armuth durchmachen, weshalb er auch hernach häufig zu fagen pflegte: „Armuth weh thut, das hab' ich er= fahren." Der Mutter wurde es gar fauer, ihn recht zu verforgen, fie mußte zwei Jahre lang in einer fchweren, theuren Zeit fich und ihre drei Kinder mit der Grütz= mühle ernähren. Da hätte Valerius faft müffen nun Schuhmacher werden, denn fo wollte es fein Stiefvater haben — die Mutter hatte fich nämlich wieder ver= heirathet. Allein feiner Mutter Schwefter, eine Metzgers= frau, Georg Wendens Weib, nahm ihn zu fich. Diefe nahm aber Herberger fpäter auch wieder zu fich, als fie alt und wohl betagt war, und verpflegte fie fechs Jahre lang bis an ihr Lebensende. Vor Allem nahm fich aber feiner fein Pathe, Paftor Martin Arnold, an; der wurde fein zweiter Vater und brachte ihn 1579 nach Frauftadt in Schlefien zu einem Bäcker in die Koft, damit er dort ftudieren könne. Des Vaters Gebet follte erhört wer= den. Dort konnte er drei Jahre lang durch die Mild= thätigkeit vieler hohen und niederen Perfonen die Koften für das Studieren erschwingen. Hierauf studierte er zu Frankfurt a. O. und Leipzig Theologie; in letzterer Stadt hielt er sich als Famulus im Hause des Professors der Medicin Bahrd auf. Er arbeitete aber so fleißig, daß dieser ihn oft des Nachts von den Büchern wegtreiben mußte. Ueber den frommen, fleißigen Jüngling hielt aber auch Gott seine schützende und bewahrende Hand und rettete ihn wiederholt aus augenscheinlicher Todesgefahr. Dreimal war er in Gefahr, ermordet zu werden; einmal wollte ihn ein Dieb, der sich in seine Stube eingeschlichen hatte, um Geld zu finden, todtschießen; fünf Mal war er in Wassersgefahr und zwei Mal hätte er durch einen schweren Fall aus der Höhe ums Leben kommen können.

Erst 22 Jahre alt wurde er schon im Jahre 1584 Diakonus in seiner Vaterstadt, und sechs Jahre später Pfarrer daselbst, worauf er sich mit Anna Rüdiger, der Tochter eines dortigen Rathsherrn, verheirathete. Für diese Ehefrau „voll Gottesfurcht und Taubeneinfalt" dankte er dem Herrn, als für eine „treue Gesellin des Glaubens und des Lebens, des Gebetes und der Sorgen." Er nennt sie „eine Tochter der Gottesfurcht und Bescheidenheit, ein lebendiges Exempel wahrer Demuth, einen Spiegel und Paradies häuslicher Glückseligkeit."

Er war ein begabter, kräftiger, feuriger Prediger. Am 2. Adventssonntag 1598 predigte er über das Feuer, das am jüngsten Tage über die Seelen der Gottlosen kommen werde, und ermahnte dabei, mit beiden Augen als mit Feuereimern Wasser herbeizutragen und zu weinen bitterlich wie Petrus und herzlich wie Magdalena über die Sünden, denn das letzte Feuer werde den größten Schaden thun. „Feuer! Feuer ist da, ihr Fraustädter!" —

rief er in dieser Predigt plötzlich aus — „wann wird's kommen? Um Mitternacht. Wer hat's gesagt? Der Herr Jesus, Matth. 25, 6." Und siehe da! um Mitternacht des folgenden Tages brach in Fraustadt eine fürchterliche Feuersbrunst aus, die drei Viertheile der Stadt in Asche legte. Während des Brandes stand Herberger am Markt bei dem Rathhause und betete von Mitternacht bis die Morgenröthe anbrach und bis er Erhörung fand. Am darauf folgenden Sonntage predigte er sodann über 4 Mos. 11, 1—3: „1) welches das rechte Zündpulver sei, das solche Brandschäden verursache; 2) wie der Mann heiße, der das Zündpulver ausstreuet; 3) was Feuersnoth für ein Elend sei; 4) welches das beste Wasser sei, das das zeitliche und ewige Feuer löschet; 5) wie man die Brandstätte merken und mit Namen behalten soll zum Gedächtniß."

Er mußte auch sonst durch viele und große Trübsal hindurch, wie alle Kinder Gottes, die nach Zion wallen. Es starb ihm sein zweites Söhnlein, welches den Eltern durch seine frühzeitige Frömmigkeit große Freude gemacht hatte. — Im Jahre 1604 nahmen die Katholiken den Evangelischen ihre Kirche weg, und diese durften noch froh sein, daß sie sich aus zwei neu erkauften Häusern in der Nähe des polnischen Thores ein Bethaus errichten durften, welchem Herberger den Namen „Kripplein Jesu" beilegte, indem er in seiner Einweihungspredigt ausrief: „Hat das Jesuskind nicht Raum in der Herberge, so hat es doch Raum in dem Kripplein!" Es war die heilige Christnacht 1604.

Das größte Unglück sollte aber erst noch kommen. Im Jahre 1613 nämlich kam die Pest nach Fraustadt und raffte in den ersten Wochen 740, im Ganzen

2135 Menschen dahin, denn sie währte siebenzehn Jahre lang bis zum Jahre 1630. Das war eine Drangsals= zeit! Herberger aber arbeitete an seiner bedrängten Ge= meinde als treuer Helfer an Leib und Seele. Er be= suchte alle Kranken unermüdet, und obwohl sie ihm manch= mal von Weitem schon mit den Händen winkten, zurück= zubleiben, achtete er doch nicht darauf oder trat wenigstens ans Fenster und rief ihnen noch ein Trostsprüchlein zu. Manche Leiche begrub er in der ersten Zeit, da die Pest so grausam wüthete, mit dem Todtengräber ganz allein. Er ging betend voran, und der Todtengräber führte ihm die Leichen auf einem Karren nach, an dem ein Glöcklein hing, daß die Leute in den Häusern bleiben sollten, um nicht angesteckt zu werden. In dieser täglichen Todes= gefahr hielt ihn der Glaube an Gottes Schutz aufrecht. Sein Trost dabei war dieser: „Wer Gott im Herzen, ein gut Gebet stets im Vorrath, einen ordentlichen Beruf im Gewissen hat und nicht fürwitzig ausgeht, wohin ihn weder Amt noch des Nächsten Wohlfahrt ruft, der hat ein starkes Geleite, daß ihm keine Pest beikommen kann." Er wurde auch wirklich mit allen den Seinen völlig bewahrt.

Seine Predigten finden sich in seiner „evangeli= schen Herzpostille", und sein Hauptwerk sind die „Magnalia Dei, d. i. die großen Thaten Gottes von Jesu, der ganzen Schrift Kern und Stern".

Damit das Maaß der Prüfungen und Leiden aber bei ihm voll würde, mußte er auch noch die Schrecken des dreißigjährigen Krieges erleben. Im Jahre 1622 kamen wilde Kroatenschwärme in die Gegend, welche Ge= legenheit seine Feinde benutzen wollten, ihn aufzuheben.

Aber auch hier half ihm sein Herr; von einem ehrlichen Hauptmanne ward er gewarnt.

Im Jahre 1623 endlich stellte sich ein Schlaganfall als Todesbote bei ihm ein, als er gerade am 19. Sonntag nach Trin. über das Evangelium vom Gichtbrüchigen predigen sollte. Am 21. Februar 1627 wurde er abermals von einem Schlaganfall betroffen; doch hielt er noch eine Leichenpredigt über 1 Mof. 18, 27. Er sprach aber mit ungemeinen Seufzern, sah sie als seine eigene Leichenpredigt an, und schloß mit den Worten: „Nun Ade, du arme Erde und Asche, gehab dich wohl! Mein Jesus, spanne mich aus, ich bin eben das, was Abraham ist, mich verlanget nach der Ruhe; Herr, meinen Geist befehle ich Dir." Gleich nach der Predigt mußte er sich auf das Krankenbett legen, und auf ihm 12 Wochen auf die Stunde seiner Erlösung harren. Seine Schmerzen trug er mit großer Geduld und rief öfters: „Jesus, ach sei und bleibe mir ein Jesus!" Darauf· entschlief er ganz sanft und stille am 18. Mai 1627, gerade als die Glocke 12 Uhr nach Mitternacht geschlagen hatte. Sein ältester Sohn, der seit 1615 als Prediger ihm an der Seite gestanden hatte, hielt ihm die Leichenpredigt über Pf. 23. Seine Gebeine wurden nicht in der Kirche beigesetzt. Er hatte befohlen, man solle ihn auf den allgemeinen Kirchhof begraben mitten unter seine Schäflein, damit er am Tage der Auferstehung vor ihnen her und mit ihnen seinem Heilande entgegen gehen könne. —

Sein Hauptlied ist:

„Valet will ich dir geben."

Den würtembergischen treuen Zeugen Christi, Johann Christian Storr, trösteten einst bei einer großen Ge-

wissensnoth die Worte des 2ten Verses gar mächtig.
Sie lauten:

> „Rath mir nach Deinem Herzen,
> O Jesu Gottes Sohn:
> Soll ich je dulden Schmerzen,
> Hilf mir, Herr Christ, davon;
> Verkürz mir alles Leiden,
> Stärk meinen blöden Muth;
> Laß mich selig abscheiden,
> Setz mich in Dein Erbgut."

Der berühmte lutherische Theologe Valentin Ernst Löscher, anfangs Prediger und Superintendent zu Jüterbog, dann zu Delitsch, darauf Professor der Theologie zu Wittenberg und zuletzt Ober=Consistorialrath zu Dresden, liebte dieses Lied sehr. Er war ein treuer Verfechter der Wahrheit, hatte aber einen schweren Gang durch die Welt. Am Adventsfest 1748 feierte er sein funfzigjähriges Amtsjubiläum, wozu er von allen Seiten hohe Ehrenbezeugungen erhielt. Auf diese lieblichen Sonnenblicke folgten aber bald heftige und zuletzt tödtliche Stürme. Er verlor das Gesicht auf dem linken, sonst bestem Auge. Hierauf bekam er eine schmerzliche Schenkelgeschwulst. Weil er hieraus wohl merkte, daß die Zeit seines Abschiedes bald vorhanden sein möchte, so schickte er sich hierzu mit unerschrockenem Herzen an und ließ am 3. Sonntag nach Epiphan. 1749, wo er zum letzten Mal predigte und communicirte, öffentlich nach der Predigt singen: „Valet will ich dir geben." Bald darauf, am 28. Januar, traf ihn in seiner Studierstube, als er eben das 57. Kapitel des Jesaias, in welchem sein Leichentext enthalten war, vor sich liegen hatte, ein Schlag an der rechten Seite. Mit sterbendem

Munde dictirte er noch seiner Tochter sein letztes Be=
kenntniß: „wie er fest vor Gott und Menschen bezeugte,
daß er bei der erkannten evangelischen Wahrheit bis an
sein Ende beharre, und nun solche mit seinem Tode
versiegeln wolle!" Dann sprach er noch die Worte
2 Tim. 4, 7: „Ich habe einen guten Kampf gekämpfet,
ich habe den Lauf vollendet, ich habe den Glauben ge=
halten." Die Umstehenden fuhren fort: „Hinfort ist mir
beigelegt die Krone der Gerechtigkeit" — er winkte aber,
inne zu halten, und sagte: „Nein! sie ist mir noch nicht
gegeben, aber ich erwarte sie bald, und hoffe, sie zu er=
langen. Jesu! hilf mir!" Bald darauf entschlief er
ruhig und selig, am 12. Februar 1749.


## IX. Johann Heermann,

geboren am 11. October 1585 zu Raudten im Fürsten=
thum Wohlau in Schlesien, wo sein Vater ein frommer,
ehrbarer, aber unbemittelter Mann war, seines Hand=
werks ein Kürschner, wie Herbergers. Auch sonst waren
die Verhältnisse sehr ähnlich. In der Jugend erkrankte
Johann heftig, da flehte die Mutter inbrünstig zu Gott
um seine Erhaltung, und sagte: „schenke ihn ihr Gott
zum zweiten Male, so wolle sie ihn zum Studieren
halten, auch wenn sie das Geld dazu erbetteln sollte".
Ihr geschah, wie sie im Glauben gebeten hatte. Aber
es ging durch schwere Wege in der theuern Zeit; der
Sohn kam auf vier Lehranstalten herum. Namentlich
kam er in das Haus des Valerius Herberger zu Frau=
stadt, wo Geist und Herz des Knaben trefflich versorgt
waren. Er sah das heilige Leben des frommen und

geiſtreichen Dieners Chriſti, und dieſer ward ſein geiſt=
licher Vater. Zugleich merkte der Rektor Joh. Brach=
mann zu Frauſtadt ſeine köſtliche Dichtergabe, und bahnte
ihm damit ſelbſt den Weg zu ſeinem weitern Fortkom=
men. Er kam auf die Schule nach Brieg, erwarb ſich
daſelbſt durch das Vorleſen ſeiner Gedichte, was oft in
Gegenwart von Herzogen und fürſtlichen Räthen geſchah,
hohe Gönner und ward noch in Brieg, am 8. October
1608, als ein 23 jähriger Jüngling, unter großer Feier=
lichkeit öffentlich als Dichter mit dem Lorbeerkranz ge=
krönt. Er blieb aber im Herzen demüthig, und ſein
Wandel war von früher Jugend bis ins Alter züchtig
und nüchtern. Doch hatte er manche Krankheitsanfälle
durchzumachen.

Am Himmelfahrtstage 1611 trat er in Köben an der
Oder ſein Predigtamt an, in einer wohlgeordneten Ge=
meinde unter einem frommen, glaubenseifrigen Grund=
herrn, Herrn v. Kottwitz. Seine Kirche war immer
voll von Fremden, auch hatte er in der Nähe treue, eifrige
Amtsbrüder, namentlich ſeinen geiſtlichen Vater Valerius
Herberger. Zur Lebensgefährtin wählte er ſich Dorothea,
die Tochter des Bürgermeiſters Feige in Raudten, mit
der er ungemein glücklich lebte, obwohl kinderlos. Aber
unter ſolcher freundlichen Glücksſonne konnten die köſt=
lichen Geiſtesfrüchte nicht reifen, durch welche er nach des
Herrn Rath und Willen die Welt erquicken ſollte. Darum
nahm ihn ſein Meiſter in die Schule des Kreuzes; er
erfuhr, was Gott dem Propheten Heſek. 24, 16 ſagt:
„Du Menſchenkind, ſiehe, ich will dir deiner Augen Luſt
nehmen.“ Nach einer Krankheit von nur wenigen Tagen
ſtarb ihm ſeine geliebte Frau am 12. September 1617,
nachdem er ſie nur fünf Jahre beſeſſen hatte. Eine

schmerzlichere Wunde konnte ihm nicht geschlagen werden. In Wehmuth zerflossen sang er das schöne Lied:

Ach Gott, ich muß in Traurigkeit
Mein Leben nun beschließen,
Dieweil der Tod von meiner Seit'
So eilend hat gerissen
Mein treues Herz, der Tugend Schein;
Deß muß ich jetzt beraubet sein.
Wer kann mein Elend wenden?

Fürwahr mir geht ein scharfes Schwert
Jetzund durch meine Seele,
Die abzuscheiden oft begehrt
Aus ihrer Leibeshöhle.
Wo Du nicht, o Herr Jesus Christ,
In solchem Kreuz mein Tröster bist,
Muß ich vor Leid verzagen.

Er ward auch wirklich ganz elend und glaubte fest, er werde dieses große Leid nicht überstehen und bald „an seiner frommen Frau Seite ruhen" — V. 7 in „O Gott Du frommer Gott". — Gott hatte es anders beschlossen; der Heiland zog ihn an sein Herz. Er schrieb trost=reiche Passionspredigten, die in ganz Deutschland be=kannt wurden.

Aber sein himmlischer Schmelzer wollte noch gründ=lichere Läuterung über ihn verhängen; es kam Trübsal auf Trübsal über sein Haupt. Am 18. Juli 1618 ver=band er sich mit Anna Teichmann, einer vater= und mutterlosen Waise, die bald an ihm nichts als müh=same Krankenpflege zu verrichten hatte. Heermann hatte zwar in seinem ganzen Leben noch nicht sagen können, daß er einen einzigen recht gesunden Tag gehabt habe, vom Jahre 1623 an aber ward dieser leidende Zustand zu einer fast ununterbrochenen Krankheit. Der Sitz seines

Uebels war in der Nase und Luftröhre, was ihn oft heiser machte und ihm das Predigen gar sehr erschwerte, so daß er, wie er selbst sagt, „je länger, je heftiger unter dem Reden stets würgen und husten mußte, als er gleich auf der Stelle todt bleiben sollte, ja er konnte zuletzt keine Periode laut aussprechen, wenn er auch hätte sein Leben damit retten sollen." Daneben mußte er viele Kränkungen und Undank von Widerwärtigen in der Gemeinde dulden, da er die Sünde und die Sünder allen Ernstes strafte. Und nun brachen dazu die Drangsale des 30jährigen Krieges auch über ihn und seine Gemeinde herein. Im Jahre 1629 mußte er sich aus Köben retten und an einem sichern Orte über 17 Wochen als Verbannter leben. Kaum war er zurück, so brach auch in Köben die schreckliche Pest aus, die im Jahre 1631 in ganz Schlesien wüthete. Es starben allein in Köben 550 Menschen, und darunter sein Kaplan. Kaum war diese Noth vorüber, so zogen die wilden Wallenstein'schen Horden einher und plünderten das Städtchen vom September 1632 bis October 1634 dreimal. Heermann büßte dabei jedesmal seine ganze Baarschaft, sein Hausgeräth, Vieh und Getreide ein. Einmal schwebte schon der Säbel eines Kroaten über seinem Haupte; ein andermal bedrohte ein ganzer Haufe roher Soldaten mit entblößtem Degen sein Leben. Nur wenig fehlte auch, daß er in der Oder ertrunken wäre; denn als er mit vielen anderen Flüchtlingen auf einem Kahne sich ans andere Ufer retten wollte, drohte das kleine Fahrzeug von der Menge Leute, die auf dasselbe sich geflüchtet hatten, unterzusinken. Kaum waren sie in der Mitte des Stromes, als die verfolgenden Soldaten das linke Ufer erreichten und auf Heermann schossen, so daß zwei Kugeln an seinem Haupte vorbeisausten. Der Herr aber schenkte ihm Heldenmuth in solchen Fährlichkeiten, und führte ihn wunderbar durch alle diese Gefahren hindurch. Auch über den Seinigen, die er in Köben zurücklassen mußte, waltete der schützende Gott. Darum sang er fröhlich in dem Liede:

> Was willst du dich betrüben,
> O meine liebe Seel'?
> Thu den nur herzlich lieben,
> Der heißt Immanuel.
> Vertrau dich ihm allein:
> Er wird gut Alles machen
> Und fördern deine Sachen,
> Wie dir's wird selig sein.
>
> Denn Gott verlässet keinen,
> Der sich auf ihn verläßt;
> Er bleibt getreu den Seinen,
> Die Ihm vertrauen fest.
> Läßt sich's an wunderlich?
> Laß du gar nichts dir grauen:
> Mit Freuden wirst du schauen,
> Wie Gott wird helfen dir.

In dem Jahre 1636 wurden endlich seine Leibes= beschwerden so groß, daß er die Kanzel nicht mehr be= steigen konnte und sich vier Jahre lang durch Candidaten im Predigen vertreten lassen mußte. Als aber immer noch keine Besserung eintreten wollte, zog er sich auf An= rathen des Arztes von seiner Predigerstelle nach Lissa in Großpolen zurück, wo er sich vor der Stadt ein fried= lich stilles Häuslein bauen ließ, „damit er", wie er sagte, „bei seinem steten, schweren Siechthum ruhig wohnen, leiden, beten, und wenn Gott wolle, unverhindert sein Leben schließen könne." Er zog in höchster Leibes=

schwachheit ein und lag die ersten neun Wochen Tag und Nacht fast immer wie im Schlaf, ohne Gebrauch seiner Geisteskräfte. Sobald es besser mit ihm war, benutzte er seine Ruhe zum Schreiben gottseliger, erbaulicher Schriften. Neun Jahre ließ ihm der Herr noch Zeit dazu wie Kraft, und er schrieb eine Menge solcher Schriften in Lissa. Die wichtigste ist sein berühmtes Werk: „Geistliche Kirch=Arbeit, in Erklärung aller Sonn=tags= und Fest=Evangelien." Ein herrliches Buch, aus welchem Schreiber dieses als aus einer unerschöpflichen Quelle sich gar häufig erbaut, stärkt und erquickt.

Eine besonders schwere Prüfung war ihm auch noch auf die letzte Zeit seines Lebens aufgespart. Sein ältestes und liebstes Kind von frommem Gemüth und ungemeinen Geistesgaben, Samuel, ward auf dem Gymnasium zu Breslau durch die Jesuiten verführt, ohne Wissen seines Vaters in die Jesuitenschule einzutreten und am 25. Fe=bruar 1640 die katholische Religion anzunehmen. Es war, als habe der Vater etwas vorher geahnt, denn in dem mehrere Jahre zuvor von ihm gedichteten Trostliede am Grabe eines Kindes:

Gott Lob, die Stund' ist kommen,

sang er:

Wie öfters wird verführet<br>
Manch Kind, an dem man spüret<br>
Rechtschaffne Frömmigkeit!<br>
Die Welt voll List und Tücke,<br>
Legt heimlich ihre Stricke<br>
Bei Tag und Nacht, zu jeder Zeit.

Als der Vater die sichere Kunde erhielt, ward er vom tiefsten Schmerz ergriffen, schrieb aber auch einen einschneidenden Brief an den Sohn. Dieser schlug in sich und trat am 6. März wieder zum evangelischen Glauben zurück. Er kehrte hierauf auch in das elterliche Haus zurück und wollte in Frankfurt a. O. fortstudieren. Allein ein schwindsüchtiges Fieber, wie man sagt, die Wirkung eines Jesuitenpulvers, raffte ihn noch vor dem kränklichen Vater in der Blüthe seiner Jahre, am 6. Februar 1643 dahin. Der Vater konnte ihn nicht einmal zur Ruhestätte begleiten.

Dieser wurde nun immer leidender, so daß er nicht mehr sitzen konnte, sondern angelehnt stehen mußte und des Nachts kaum zu liegen vermochte. Zuletzt nöthigte ihn große Schwäche, doch sich aufs Bett zu legen. Da schrieb er die Worte an sein Bett: „Herr siehe! den Du lieb hast, der liegt krank." Er litt geduldig unter getrostem Harren und inbrünstigem Flehen; sein unablässiges Gebet war: „Herr Jesu! komm und spanne doch aus", was auch Valerius Herberger, sein väterlicher Freund, Gott vorgetragen hatte. Am Morgen des Sonntags Septuagesimä 1647 den 17. Februar verfiel er, nachdem in der Nacht ein Stickfluß eingetreten war, in einen sanften Schlaf, in welchem er hinüber schlummerte zu seines Herrn Freude.

Seine Lieder, etwa 400 an der Zahl, sind ausgezeichnet durch Feinheit des Geschmacks, durch Klarheit und Zierlichkeit des Ausdrucks, durch Vermeidung der Härten und guten Versbau. Jesus ist der Grundton seiner herrlichen Kirchenlieder. Sie sind jedem Christen, besonders den Kreuzträgern, aus der Seele geschrieben, durch ihre Einfalt und Innigkeit auch dem Schwächsten verständlich und wohlthuend, und zeugen aufs Schönste von brünstiger Liebe zu Jesu, von unerschütterlichem Glauben

und von kindlicher Hingebung in den Willen des himm=
lischen Vaters. Die bedeutendsten sind:

„Ach Jesu, dessen Treu.“
„Als Jesus Christus in der Nacht.“
„Du weinest ob Jerusalem.“
„Früh Morgens, da die Sonn’ aufgeht.“
„Gott Lob, die Stund’ ist kommen.“
„Herr Jesu Christe, mein getreuer Hirt.“
„Herr unser Gott, laß nicht zu Schanden werden.“
„Herzliebster Jesu, was hast Du verbrochen.“
„Jesu Deine tiefen Wunden.“
„Kommt laßt euch den Vater lehren.“
„Mit Jesu fang ich an.“
„O Gott, da ich gar keinen Rath.“
„O Gott, Du frommer Gott.“
„O Herr mein Gott, ich hab’ zwar Dich.“
„O Jesu Christe, wahres Licht.“
„O Jesu, Du mein Bräutigam.“
„O Jesu, Jesu, Gottes Sohn.“
„O Mensch, bedenke stets dein End’.“
„So wahr ich lebe, spricht dein Gott.“
„Treuer Gott, ich muß Dir klagen.“
„Treuer Wächter Israel.“
„Was willst du dich betrüben.“
„Wenn Dein herzliebster Sohn.“
„Wo soll ich fliehen hin?“
„Zion klagt mit Angst und Schmerzen.“

Ueber den Segen viel sagen zu wollen, den Heer=
manns Lieder gebracht haben, ist nicht möglich, die Ewig=
keit muß und wird das einst offenbaren. Hier nur einige
Andeutungen über Einiges.

O Gott, Du frommer Gott.

Am 5. December 1757 schlug Friedrich der Große
mit 30,000 Preußen 90,000 Oesterreicher, die sich auf

ihre Stärke verließen, beim Dorfe Leuthen in Schlesien. Die Preußen hatten vorher als feierlichen Morgensegen im Lager unser Lied angestimmt, namentlich den 2. Vers, und die Feldmusik fiel ein. Ein Commandeur fragte den König, ob die Soldaten schweigen sollen? Der aber versetzte: „Nein! lasse Er das, mit solchen Leuten wird mir Gott heute gewiß den Sieg verleihen!"

Herzliebster Jesu! was hast Du verbrochen.

Dem frommen Sänger und Prediger Johannes Tribbechovius gewährte dieses Lied, als er in großer Gemüthskrankheit und völliger Melancholie im Jahre 1712 von Halle nach Tennstädt zu seiner Mutter geführt wurde, um sich heilen zu lassen, und er dasselbe gerade bei seiner Ankunft in der Vaterstadt vom Thurme abblasen hörte, eine solche Glaubenskraft, daß er alsbald mit lauter Stimme nachsang und bald darauf mit seliger Glaubensfreudigkeit den Tod überwinden konnte.

## X. Paul Gerhardt.

Man dürfte eigentlich wohl annehmen, daß „dieser andere Luther auf dem Gebiete des Kirchenliedes" einem jeden evangelischen Christen bekannt sei. In ihm erreichte die ältere Schule, in der das Kirchenlied vorherrschend das Gepräge der objectiven Kirchlichkeit hat, ihre höchste Vollendung, zugleich aber hat in ihm die neuere Schule der subjectiv-lyrischen Dichtung ihren Anfangspunkt.

Von seinem Leben nur dieses. Er wurde 1606 zu Gräfenhainichen in Chursachsen geboren, wo sein Vater,

Christian Gerhardt, Bürgermeister war. Seine Jugend=
zeit fiel in die Unruhen des 30jährigen Krieges, daher
kam es auch, daß er 1651 noch Candidat der Theologie
war. Endlich wurde er in diesem Jahre als Probst
nach Mittenwalde berufen und verheirathete sich mit
Anna Berthold aus Berlin. Im Jahre 1657 kam er
als Diaconus an die St. Nicolai=Kirche nach Berlin.
In diesem Amte bewies er große Treue, und machte sich
durch die herrlichen, geistlichen Lieder, die er schon wäh=
rend seines Privatstandes in Berlin zu dichten angefangen
hatte, weit und breit bekannt.

Im Jahre 1613 war der Churfürst Johann Sigis=
mund von der lutherischen zur reformirten Kirche über=
getreten. Es brachen nun heftige Streitigkeiten zwischen
beiden Kirchenparteien aus, namentlich auch zu Berlin,
wo zu Gerhardts Zeit sämmtliche Geistliche, in Witten=
berg gebildet, zu den strengen Lutheranern gehörten und
die Reformirten auf der Kanzel angriffen. Deren gab
es zur Zeit des großen Churfürsten etwa 15,000 im
Lande. Am 1. September 1662 erschien deshalb ein
Receß (oder Vergleich), „daß die Bekenntnißschriften der
Reformirten auf der Kanzel nicht angegriffen oder re=
futirt (widerlegt) werden sollten, bis die in Frage stehen=
den Punkte dem churfürstlichen Befehl gemäß genugsam
beantwortet wären.“

Paul Gerhardt verfaßte mehrere Vertheidigungs=
schriften für die lutherische Lehre, worüber er in Un=
gnade fiel. Am 16. September 1664 erschien ein schärferes
Edict, nach welchem die Geistlichen beider Parteien sich
aller Angriffe auf der Kanzel bei churfürstlicher Ungnade
zu enthalten hätten. Gerhardt fühlte sich in seinem Ge=
wissen gedrungen, den Revers nicht zu unterschreiben,

worauf er seines Amtes entsetzt wurde. Als ihm dies angekündigt wurde, sprach er mit unerschrockenem Muthe: „Es ist nur ein solches ein geringes berlinisches Leiden, ich bin auch willig und bereit, mit meinem Blute die evangelische Wahrheit zu besiegeln und als ein Paulus mit Paulo den Hals dem Schwerte darzubieten."

Da sich aber selbst die Stände für ihn beim Chur=fürsten verwandten, ward er auch ohne Unterschrift am 9. Januar 1667 wieder in sein Amt eingesetzt, doch mit dem Bemerken: „Se. Churfürstl. Durchlaucht lebten der gnädigsten Zuversicht, er werde auch ohne Revers sich den Edicten gemäß zu bezeigen wissen." Aber gerade diese Bemerkung belastete das Gemüth Gerhardts aufs Schwerste. Es war dem redlichen, geraden Manne un=erträglich, mit seinem Gewissen nicht im Reinen zu sein und auch nur den Schein zu haben, als verleugne er vor Menschen die erkannte und öffentlich bekannte Wahrheit. Er schrieb deshalb in einer Vorstellung an den Magistrat als Patron am 26. Januar 1667: „Mein Gewissen will mir darüber voller Unruhe und Schrecken werden, was aber mit bösem Gewissen geschieht, das ist vor Gott ein Greuel und zieht nicht den Segen, son=dern den Fluch nach sich, womit aber weder meiner Ge=meine, noch mir würde gerathen sein." Die Folge war, daß der Churfürst befahl, Gerhardts Stelle durch einen Andern zu besetzen. Es geschah. Gerhardt aber sang damals sein Lied: „Ich danke Dir mit Freuden."

Im Jahre 1668 ward er nach Lübben berufen, wo seiner auch mancherlei Leiden harrten, bis er am 7. Juni 1676 einging in die Freude seines Herrn, nachdem er sich selber noch aus seinem eigenen Liede: „Warum

follt ich mich denn grämen" den achten Vers er=
munternd zugerufen hatte:

Kann uns doch kein Tod nicht tödten,
Sondern reißt unsern Geist
Aus viel tausend Nöthen,
Schleußt das Thor der bittern Leiden,
Und macht Bahn, da man kann
Geh'n zu Himmelsfreuden.

Seiner geistlichen Lieder sind 123 an Zahl.  Die
bedeutendsten derselben sind:

„Ach Jesu, wie so schön wird."
„Ach treuer Gott, barmherzig's Herz."
„Also hat Gott die Welt geliebt, das merke."
„Auf, auf, mein Herz mit Freuden."
„Auf den Nebel folgt die Sonne."
„Befiehl du deine Wege."
„Der Tag mit seinem Lichte."
„Die güldne Sonne."
„Die Zeit ist nunmehr da."
„Du bist ein Mensch, das weißt du wohl."
„Du bist zwar mein, das weiß ich wohl."
           (Gedichtet beim Tode seines Sohnes Andreas
           Christian, 1665.)
„Du meine Seele, singe."
„Ein Lämmlein geht und trägt die Schuld."
„Fröhlich soll mein Herze springen."
„Geduld ist euch von nöthen."
„Geh aus, mein Herz, und suche Freud'."
„Gieb dich zufrieden."
„Herr, der Du vormals hast das Land."
„Ich bin ein Gast auf Erden."
„Ich hab' in Gottes Herz und Sinn."
„Ich singe Dir mit Herz und Mund."
„Ich steh an Deiner Krippe hier."
„Ich weiß, mein Gott, daß all mein Thun."
„Ist Gott für mich, so trete."

„Lobet den Herren Alle, die ihn ehren."
„Nicht so traurig, nicht so sehr."
„Nun danket All' und bringet Ehr'."
„Nun laßt uns gehn und treten."
„Nun ruhen alle Wälder."
„O Du allersüß'ste Freude."
„O Haupt voll Blut und Wunden."
„O Jesu Christ, Dein Kripplein ist."
„O Jesu Christ, mein schönstes Licht."
„O Welt, sieh hier dein Leben."
„Schwing dich auf zu deinem Gott."
„Sey fröhlich Alles weit und breit."
„Sey mir tausendmal gegrüßet."
„Siehe, mein getreuer Knecht."
„Sollt ich meinem Gott nicht singen."
„Wach auf, mein Herz, und singe."
„Warum sollt ich mich denn grämen."
„Warum willst du draußen stehen."
„Was Gott gefällt, mein frommes Kind."
„Wer wohl auf ist und gesund."
„Wie schön ist's doch, Herr Jesu Christ,
    Im Stande, da Dein Segen ist,
    Im Stande heil'ger Ehe!"
„Wie soll ich Dich empfangen."
„Wir singen Dir mit Herz und Mund."
„Zeuch ein zu Deinen Thoren."
„Zweierlei bitt' ich von Dir."


## XI. Luise Henriette, Churfürstin von Brandenburg,

erste Gemahlin des Großen Churfürsten. Sie war geboren am 17. November 1627 als Tochter des regierenden Fürsten von Oranien und Erbstatthalters der vereinigten Niederlande, Friedrich Heinrich, und hatte sich am 7. December 1646 mit dem Churfürsten Friedrich Wilhelm vermählt.

Sie war eine wahre Mutter des Landes, die es sich nach dem verheerenden 30jährigen Kriege von Herzen angelegen sein ließ, das Elend ihres Volkes zu lindern und der Landwirthschaft und den Gewerben aufzuhelfen. In diesem Liebessinn führte sie den Kartoffelbau zuerst in der Mark Brandenburg ein und ließ Landwirthe aus Holland kommen und Musterwirthschaften anlegen. Keinen Tag ließ sie unbenutzt verstreichen und theilte ihre ganze Zeit in Uebungen der Andacht, bei denen sie aufs strengste sich selbst prüfte und richtete, und in die Berathung hilfsbedürftiger Menschen. Wenn die Prediger in der ganzen Umgegend eine Wöchnerin fragten: „mit welchem Namen soll ich das Kind taufen?" so war meist die freudige Antwort: „Louise"; so sehr war ihr Name bald Lieblingsname des Volkes geworden, und überall hing ihr Bildniß. Sie fehlte nie beim Gottesdienst und erschien in demselben in ganz einfachem Anzuge, auch sah sie vor dem Gottesdienste in keinen Spiegel. Im Frühjahr 1654 gebar sie ihren zweiten Prinzen Carl Emil, den ihre herbeigeeilte Mutter dem Churfürsten an seinem Geburtstage, 6. Februar, in die Arme legen konnte. Dieser Tag war ein Dienstag, und zum Andenken an dieses frohe Ereigniß weihete sie jeden Dienstag bis an ihr Ende durch Beten und Anhören einer Predigt; auch stiftete sie zum dankbaren Andenken eine Versorgungsanstalt für 24 vaterlose Waisen in Oranienburg.

Nun traten kriegerische Zeiten ein. Der Churfürst wurde in einen Krieg mit Polen verwickelt. Die Polen und die wilden Tartaren fielen ins Land ein und hausten fürchterlich. Das machte ihr viele Sorgen, und schwere Träume ängstigten sie, worunter ihre Gesundheit sehr litt. Sie trug aber geduldig das Kreuz vom Herrn; Jesus war ihre Zuversicht und ihr Heiland und ihr Leben. „Wenn der Herr Jesus noch auf Erden ginge“, sagte sie einmal, als beängstigende Kriegsnachrichten kamen, „ich wollte mich noch mehr demüthigen, noch mehr Ihm anhangen, als das kananäische Weiblein; was ich aber auf leibliche Weise und mit Geberden nicht thun kann, das will ich im Geist und im Herzen thun in gewisser Zuversicht, daß Er auch im Stande der Herrlichkeit ein solcher Hoherpriester und treuer Heiland sei, der Mitleid habe und helfen kann.“ Auf ihre Anordnung mußte auch ein jeder Soldat ein Neues Testament, nebst den Psalmen, bei sich führen.

Am 11. Juli 1657 gebar sie abermals einen Prinzen, den nachmaligen König Friedrich I. von Preußen. Sie ging einen Weg der Trübsal, ihr Leben glich einer Gliederkette, da eine Trübsal an der andern hing. Im Jahre 1658 brach der Krieg gegen den Schwedenkönig Carl Gustav aus, der bis 1660 dauerte. In solchen Lagen stand sie ihrem Gemahl mit weisem Rath, helden= müthigem Zuspruch und freundlicher Sanftmuth bei.

Im Jahre 1664 gebar sie Zwillinge, die alsbald nach der Geburt starben, und 1666 ihr letztes Kind, Ludwig zu Cleve. Sie fühlte sich aber todesschwach, so daß sie auf ihr Ende sich zu bereiten anfing. Einmal sagte sie: „Gott hat mich zu dem Scheiden in der Schule der Leiden vorbereitet und gestärkt, er hat die Zeichen seiner Ruthe in mein Fleisch gedrückt, aber auch seine Furcht in mein Herz gesiegelt.“ Ihr Leben sträubte sich freilich zuweilen auch gegen den Stachel des Todes, so daß sie einige Mal seufzte: „Wie bitter ist der Tod! Fleisch und Blut erschrickt vor ihm.“ Bald aber er=

mannte sie sich wieder und sprach: „Ich nähere mich dem Hafen himmlischer Ruhe. Schon sehe ich Spitzen und Höhen der himmlischen Stadt; wenn ich wieder genäse, so würde ich von Neuem in das ungestüme Meer voller Klippen zurückgeworfen."

Am 17. Juni 1667 empfing sie das heilige Abendmahl mit den Worten: „Der Proceß, den der Herr mit dem Elias gehalten, worin er ihn einen Sturm, ein Beben der Erde und ein Feuer hat erfahren lassen, ist auch über mich gegangen; nun hoffe ich, es werde ein sanftes Säuseln nachfolgen, er werde mir mit Hilfe und Gnade erscheinen." So geschah es. Am 18. Juni 1667 schlummerte sie sanft und still hinüber, dahin, wo sie ihr Herz schon so oft vorausgeschickt, und worauf sie sich durch ein tägliches Bußgebet, das sie sich aufgesetzt, bereitet hatte. Sie war erst 39 Jahre alt. Gebeugt stand der Churfürst an ihrer Leiche, der ihr vor dem Sterben noch viele schöne, zuvor oft in ihren Gesprächen mit einander gebrauchte Sprüche zugesprochen hatte, um ihr in ihrer letzten Todesnoth mitkämpfen zu helfen.

Vier Lieder sind von ihr noch erhalten:

„Ein Andrer stelle sein Vertrauen."
„Gott, der Reichthum Deiner Güte."
„Ich will von meiner Missethat."
„Jesus meine Zuversicht."

Wie Viele sind mit diesem Liede zu ihrer letzten Ruhekammer gesungen worden! Nach seiner Anordnung selbst der berühmte Missionar Bartholomäus Ziegenbalg im Februar 1719 in Ostindien.

Unser seliger König Friedrich Wilhelm IV. gab der Glocke, die er der von der Churfürstin Luise wiederbe-

gründeten Stadt Oranienburg zur 200jährigen Stiftungs=
feier am 27. September 1850 schenkte, den Namen:
„Zuversicht“, und die Umschrift: „Jesus, meine Zu=
versicht — — Leben.“.

## XII. Georg Neumark.

Er ward geboren im März 1621 zu Langensalza.
Seine Geburt fiel in die unruhigen, stürmischen Zeiten
des dreißigjährigen Krieges, und sein Vater, Michael
Neumark, sah sich genöthigt, in die thüringische Stadt
Mühlhausen zu ziehen, wo ein jüngerer Bruder seiner
Frau, einer geborenen Plattner, Bürgermeister war. Ein
älterer Bruder derselben war Hof= und Consistorialrath
in Weimar. Seine Eltern bestimmten ihn für das Stu=
bium, und sandten ihn zunächst auf das Gymnasium in
Schleusingen und darauf nach Gotha. Schon als Gym=
nasiast in Schleusingen verfaßte er sein Morgengebet:
„Es hat uns heißen treten, o Gott, Dein
lieber Sohn mit herzlichen Gebeten vor Deinen
hohen Thron“ 2c.

Im Jahre 1640 wollte er die Universität Königs=
berg i. Pr. beziehen, um die Rechtswissenschaft zu stu=
bieren, und sich von Simon Dach in der Dichtkunst
weiter fördern zu lassen. Er war 19 Jahr alt, und
trat in der „großen trübseligen Kriegszeit“ mit etlichen
Kaufleuten die Reise nach Leipzig zur Michaelismesse an.
Von da ging es „mit viel andern Leuten, so bei und
mit der starken Kaufmannsfuhr reiseten“, über die Haide
bei Gardelegen in der Altmark, doch hier ward der ganze
Reisezug rein ausgeplündert. Unserm Neumark blieb nur
die Kleidung auf dem Leibe, sein Gebet= und Stamm=

buch und ein weniges Geld übrig. Er wanderte aber mit ein paar guten Freunden „unter dem Schirm Gottes" weiter fort, hoffend auf seine Gnade. Zuerst kam er nach Magdeburg, wo ihn der Domprediger Dr. Reinh. Bake, dem er sein Unglück klagte, drei Wochen beherbergte. Dieser Dr. Bake hatte sich bei der Einäscherung Magdeburgs durch Tilly am 10. Mai 1631 mit einer Anzahl von Lutheranern in die allein übrig gebliebene Domkirche geflüchtet, unter Hunger, Gebet und Angst mit ihnen einige Tage dort zugebracht, und ward von Tilly nach einer kräftigen Anrede begnadigt.

Neumark wollte bei der Unsicherheit in Magdeburg bleiben und eine Hauslehrerstelle annehmen; allein es schlug fehl. Es waren ja nicht viele Menschen bei der unmenschlichen Einäscherung übrig geblieben. Bake schickte ihn mit einem Empfehlungsschreiben nach Lüneburg, aber da ging es auch so: „des lieben Gottes Hilfsstündlein war noch nicht gekommen." Auch in Hamburg wollte sich keine Aussicht eröffnen, trotz der Bemühungen des berühmten Dr. d. Theol. Johannes Müller. Betrübt zog Neumark nach Kiel. Dort nahm sich seiner zwar der Oberpfarrer M. Nic. Becker, sein Landsmann, freundlich an, aber Woche um Woche verfloß, sein geringer Geldvorrath schmolz zusammen, und in den Kriegsstürmen wurde ihm alle Aussicht abgeschnitten. Da ging er denn gar oft in sein Kämmerlein, rief seinen Gott an unter heißen Thränen in seiner Noth, und der Herr erhörte ihn. Es bot sich ihm eine Aussicht dar. Ein böser Hauslehrer beim Amtmann Stephan Henning war seiner schlimmen Händel wegen flüchtig geworden, und durch Vermittlung des Oberpfarrer Becker trat Neumark an seine Stelle. Da setzte er noch des ersten Tages, da er in dieses Haus aufgenommen worden war, seinen „lieben Gott zu Ehren und der göttlichen Barmherzigkeit für solche erwiesene unversehene Gnade herzinniglich Dank zu sagen", das Lied auf: „Wer nur den lieben Gott läßt walten". Henning und Frau nahmen sich seiner väterlich und mütterlich an, versahen ihn mit allem Nothbürftigen, und da er Morgens und Abends ordentliche Sing=, Bet= und Lesestunden anstellte, die Kinder treulich unterrichtete, so ward der Segen Gottes recht sichtbar.

Drei Jahre dauerte dieses liebliche Verhältniß, da konnte er sich endlich anschicken, die Universität Königsberg, das Ziel all seines seitherigen Strebens und Reisens, zu beziehen. Reichlich versehen segelte er von Lübeck am 12. April 1643 dahin ab.

In Königsberg studierte er die Rechtskunde, und unter Simon Dach die deutsche Rede= und Dichtkunst. Im Jahre 1650 ließ er seine „Gründliche Unterrichtung zur Vers= und Reimkunst" erscheinen.

Es ging bei ihm durch manche andere Trübsal hindurch. Im Jahre 1646 verlor er durch eine Feuersbrunst seine ganze Habe „bis auf den letzten Heller", daß er klagen mußte:

> Ich bin müde mehr zu leben,
> Nimm mich, liebster Gott, zu Dir ꝛc.

Diese Erfahrungen aber trieben ihn zur Buße, daß er sich demüthig mit der Klage vor Gott hinstellte:

> „Ich muß es Dir, mein Gott, bekennen,
> Daß meine Sünd' und Missethat
> Die rechte Quelle sei zu nennen
> Deß, was mich nun befallen hat."

Nach elfjährigem Aufenthalt in der Fremde kehrte er in die Heimath zurück. Im Jahre 1651 begab er sich nach Weimar und fand am Hofe des Herzogs Wilhelm II., des Beschützers der Dichtkunst und Oberhaupt der fruchtbringenden Gesellschaft, freundliche Aufnahme. Noch in demselben Jahre wurde er zu Weimar Kanzleiregistrator und Bibliothekar, später des Herzogs Hofpoet, wodurch er aber ins Vielschreiben hinein kam. In jene Gesellschaft angenommen, erhielt er den Namen „der Sprossende“. Er verheirathete sich mit Catharina geb. Werner, die ihm zwei Söhne und zwei Töchter gebar. Zuletzt wurde er Herzogl. Archivsecretair und Kaiserl. Hof= und Pfalzgraf. Er lebte sehr zufrieden, was er in dem Liede ausspricht:

Ich lasse Gott in Allem walten 2c.

Er starb, 60 Jahre alt, am 8. Juli 1681. Unter seinen 26 geistlichen Liedern sind die bekanntesten:

„Ermuntre dich, o frommer Christ.“
„Es lebt kein Mensch auf Erden.“
„Halt ein, o großer Gott, zu strafen.“
„Es hat uns heißen treten.“
„Ich danke Dir, mein Gott, von Herzen.“
„Mein Herr Jesu, laß mich wissen.“
„Nun wohlauf, ihr meine Sinne.“
„Sei nur getrost und unverzagt.“
„Wer nur den lieben Gott läßt walten.“

Druck von Carl Jahnke in Berlin, Klosterstr. 64.